电影学院085

好剧本是改出来的

［美］保罗·齐特里克（Paul Chitlik）著　周舟 译

Rewrite

献给索菲娅

是她教会我爱的真谛

推荐语

真正的写作其实是在改稿中完成的。保罗·齐特里克贡献了兼具实用性及建设性的有益建议，其适用人群不仅限于影视编剧，而且囊括了戏剧、小说等领域所有正在努力的文字创作者。

——理查德·沃尔特

美国加利福尼亚大学洛杉矶分校（UCLA）教授、编剧协会主席

保罗·齐特里克是一位鼓舞人心的良师，更是一位精通写作这门技艺的大师。他的书能帮助你把剧本提升到一个新的高度，使它脱颖而出，出类拔萃。不听取他那实用而简练的建议，你会吃大亏的。伟大的写作就是精明的改写，这本书会告诉你怎么做。

——劳里·赫茨勒，美国加利福尼亚大学洛杉矶分校副教授

《一小时编剧》《人物地图》编剧

我在自己的几个剧本中试过保罗的方法，真的管用。在改稿方面，他绝对是个大师。

——迪安·阿利奥托，《加州侦探》编剧兼导演

在这本书中，保罗·齐特里克为如何进行改稿提供了简明易懂的指导。编剧新手和有基础的编剧都能从保罗深刻的见解和丰富的经验中获益。大力推荐这本书。

——厄尼·孔特拉斯，《精灵传奇》编剧

这本书将改稿也将写作分解为尽可能小的组成部分，让编剧得以一点一点检查故事，重新装配，组成更强大的整体。书中有很多极富价值的练习，能激发编剧一直思考自己的故事，努力推进至更高层次。

——罗伯特·莫雷斯科，凭借《撞车》荣获奥斯卡最佳编剧奖

想让观众对银幕上发生的一切投注自己的感情，改稿至关重要、不可或缺。剧本上每一个字都应该围绕情感结构展开。

——奎因·K·雷德克，凭借《猎鹿人》提名奥斯卡最佳编剧奖

能进行有效地改稿，是一名职业编剧应该掌握的最重要的技能。我做每个项目，都会运用保罗的方法。它能准确地查明一个剧本的问题所在，而且提供最佳的补救之道。

——丹·马佐，《失物之地》编剧

这本书能帮你真正理解第一稿与最终稿（可拍摄稿）之间的区别，而且知道该怎样从 A 点抵达 B 点。我向所有编剧和导演大力推荐这本书，它具有非常实用的指导作用。

——大卫·赫德，www.p3update.com 网站编辑

通过对写作过程的重塑，保罗·齐特里克让改稿看起来简单多了。这本书确实证明，他是一位非常出色的老师。

——史蒂夫·邓肯，洛约拉马利蒙特大学影视学院剧作系副教授、主席

保罗·齐特里克如庖丁解牛，将令人望而生畏的改稿这项对任何作者来说都最困难的工作，进行了非常出色的解剖。一步一步地，逐字逐句地，他就像一位写作教练一样紧盯着你，适时给你急需的指导。这本书堪称佳作。

——马修·特里，www.hollywoodlitsales.com 网站编辑

目 录
Contents

推荐语……………………………………………………… 1
前 言……………………………………………………… 6

第一章　强化故事和结构……………………………… 1
　　方法，绝非律法………………………………………… 10
　　节拍表…………………………………………………… 11
　　发展次要情节…………………………………………… 12
　　提高赌注………………………………………………… 13
　　障　碍…………………………………………………… 14
　　谁是真正的英雄？……………………………………… 14

第二章　强大的主角…………………………………… 17
　　人物与前提必须匹配…………………………………… 19
　　人物出自前提，前提来自人物………………………… 19
　　人物要匹配前提………………………………………… 20
　　人物塑造………………………………………………… 21
　　动　机…………………………………………………… 23
　　一　致…………………………………………………… 24
　　让你的人物有看头……………………………………… 24
　　目　标…………………………………………………… 25

　　　　缺　　点 …………………………………………………… 26
　　　　强化缺点 …………………………………………………… 26
　　　　通过人物展现动作 ………………………………………… 27
　　　　展示人物的其他方法 ……………………………………… 28
　　　　对　　白 …………………………………………………… 29
　　　　定义性台词 ………………………………………………… 31
　　　　强化人物的核心情感关系 ………………………………… 33
　　　　人物弧光 …………………………………………………… 34
　　　　确保人物成为你心中的理想形象 ………………………… 36
　　　　现在如何？ ………………………………………………… 37

第三章　称职的对手 ………………………………………………… 39
　　　　增加深度 …………………………………………………… 41
　　　　展示主人公的对手 ………………………………………… 42

第四章　确保每一场戏都充满活力 ………………………………… 45
　　　　"你需要什么"以及"你不需要什么" ………………… 48
　　　　怎么改写一场戏 …………………………………………… 49
　　　　演员的视点 ………………………………………………… 49
　　　　段　　落 …………………………………………………… 52

第五章　写出精彩的描述性段落 …………………………………… 55
　　　　利用潜台词强调含义 ……………………………………… 58
　　　　一个段落要多长？ ………………………………………… 59
　　　　其他规则 …………………………………………………… 60
　　　　他们曾用过的方法 ………………………………………… 61

第六章	主角身边的配角	63
	发展他们的性格	66

第七章	删　减	69
	缩减页数的第一步	71
	删　戏	71
	删减对白	73

第八章	我进行到哪里了？	89
	"剧本现状报告"	90

第九章	正确的形式	93
	拼写、语法、标点符号和小数点	96
	集中读者的注意力	99
	步　调	100

第十章	收　尾	103
	还有一件事	105
	剧本卖给谁？	107

附录一 《末路狂花》七个情节点　109
附录二 《大公司小老板》节拍表　110
附录三 《青少年》剧本改稿示例　116
图片版权说明　166
参考书目　167
出版后记　168

前　言

所有职业编剧和大多数有过一定从业经验的业余编剧都知道，从来没有只写了一稿就能投入拍摄的剧本。进入到拍摄环节之前，一个剧本改写过十几稿、二十几稿绝不罕见（我自己的一个项目改过三十稿），即使这样它还不算完工。大多数职业编剧得益于身边高人的指导：其他编剧、执行制片人、制片人、开发部主管、经纪人、经理人。他们上刀山下火海，帮助编剧苦苦撑过剧本修改。这种待遇新手编剧可享受不到，他们没有这样的专业系统来支持他们度过从"令人作呕的初稿"到具有专业素质、能拿得出手的编剧作品这一过程。

刚开始涉足编剧领域的新手，可以参考悉德·菲尔德（Syd Field）的《电影剧本写作基础》（*Screenplay*）、理查德·沃尔特（Richard Walter）的《剧本》（*Screenwriting*）或者克里斯·沃格勒（Chris Vogler）的《作家之旅》（*The Writer's Journey*）。可以用来学习基础编剧写作的书籍至少有二十本，此处我仅列出以上这三本。但是真正应用到如何修改，只有极少一部分书可以为改写者提供帮助。可以说，没有一本书是适用于初学者，能给予他具体的、实用的、一步步的教学的；没有哪本书能提供完整的、实用的方法，指引你走过整个过程。有些开设剧本修改课程的电影学校（很少一部分学校有这门课）因为没有课本而困扰，因此一些老师只能自己编写教程。

《好剧本是改出来的》是一本面向编剧初学者的实用的指导书，它能指引他抵达下一稿。从剧本的自我评价到重构变形，这本书详细计划了一套简单易学、任务具体的课程，带你穿越瘴气笼罩的改稿阶段。书中的电影片例选用的都是众所周知的电影，另附定期布置的练习。拥有这本书，能让你剧本改稿的艰难旅程少点孤单、不安和彷徨。它就像你身边的剧本开发部执行人员、你的指导老师、一位值得信任的顾问，在没法得到观众直接反馈的情况下，这本书将引导你完成改稿。

在我自己作为影视编剧、制片人和导演的二十五年职业生涯里，以及在UCLA和洛约拉马利蒙特大学任教的八年时间里，我已经改过数以百计的电视脚本和电影剧本，确确实实是数以百计，如果算上我指导过的编剧作品和改写作品，这个数目还得再加上700。关于编剧，我学到的第一件事就是：写作很难。我学会的第二件事是：写完不改稿，根本不算完。是的，把剧本写到纸上的折磨，面对空白一片的电脑显示屏的折磨，在你完成初稿的时候宣告结束了。你可以舒服地靠着椅背，感受"已经写完了"的暖意流淌过你的全身。问题是，由于你对自己不确定，或者对剧本写作这个过程不确定，你不知道接下来应该做什么，这就是为什么家里所有的抽屉都塞满了可能永远不会再见天日的手稿。

但是现在，是时候把未经打磨的钻石——这块你已经从大脑的采石场中切分出来的花岗岩，变成"印度之星"①或者"圣母怜子像"②了。要不，咱别打比方了，你不得不将初稿所用的墨水和纸张回收再利用，因为这一稿你很可能卖不出去。经过改稿，说不定你能把它变成《唐人街》（*Chinatown*，1974）或者《莎翁情史》（*Shakespeare in Love*，1998）。

我们再换个角度看看。每年有超过55000个剧本在美国编剧协会（西部）（The Writers Guild of America, West）登记注册，但是制片厂和制片公司（我说的可不是你那位刚添了台高清数字摄影机的朋友）每年制作的电影只有350部左右。而且我可以说，我绝对确定这350部电影中没有一部是真正的初稿。每个剧本都由原作者至少改过一遍，通常是十几、二十遍，很有可能其他人也会加入到改写的过程中。所以事实是，要成为

---

① "印度之星"（Star of India），是世界上最大的蓝宝石，它比高尔夫球还要大，重563.35克拉，直径6.35厘米。其六射星光完美无缺，瑕疵极少，是稀世珍宝。——译注
② "圣母怜子像"（Pietà），是一尊纯白大理石像，圣母的膝上躺着死去的耶稣，由米开朗基罗于1499年创作，1972年5月21日被一名袭击者锤击毁坏。——译注

55000中的那350，必须要穿越"改稿"这一重镇。

其实，"改稿镇"也不是极恶之地。援引编剧兼导演简·安德森（Jane Anderson）①的话："初稿不可避免会写得很烂。"她甚至建议不妨有意识地将第一稿写得"烂"一些，因为："这不是缺点，而是过程中的一部分。"

说不定真的能找到乐趣。如我的朋友文斯·麦凯所说："魔术开始了。"或者，像我一个学生说的："这才是工作开始的地方。"只有通过改稿，才能创造出那些化腐朽为神奇的金句；只有通过改稿，才能不囿于叙述情节与信息，而将精力投注于让人物跃然纸上。领导了UCLA在线职业编剧计划的吉姆·施梅雷尔（Jim Schmerer），他的电视工作履历涵盖了从《星际迷航》（Star Trek，1973）到《百战天龙》（MacGyver，1985）……太多了没法尽数。吉姆曾用《极度恐慌》（Outbreak，1995，劳伦斯·德沃特［Lawrence Dworet］和罗伯特·罗伊·普尔［Robert Roy Pool］编剧）中的一个处理举了一个例子。影片需要达斯汀·霍夫曼（Dustin Hoffman）饰演的角色从海岸警卫队那里获取信息，秘书跟他说她有一个在海岸警卫队的朋友。在第一稿中，霍夫曼原本是这样说的："你能向他请求帮助吗？"然后他就得到了他想要的所有信息。但在最终稿中他换了一种说法，"你和你的朋友关系有多好？"秘书回答："比他和他的老婆关系还好。"这句台词透露给我们两个内容：她能搞到这个情报，同时也显示了她的某些性格。

这类漂亮的连击你只能在改稿中创造，因为在你为第一稿忙活得一个头两个大的时候，哪顾得上想这些。

但这过程中其实包括了很多很多修改稿。现在，是时候看看你脑子里的东西是否都已经诉诸纸上了；是时候对着这一大块花岗岩凿下所有不属

---

① 简·安德森，演员、编导，代表作品有《啦啦队长谋杀案》（The Positively True Adventures of the Alleged Texas Cheerleader-Murdering Mom，1993）、《倾城佳话》（It Could Happen to You，1994）和《当比莉痛扁鲍比》（When Billie Beat Bobby，2001）。——译注

于"圣母怜子像"的碎片了；是时候打磨和抛光、延展和压缩、建构和塑形你的剧本了。更棒的是，现在你的稿纸上不是一片空白。改稿这工作需要深思与技巧，但假如你没有一位导师、电影公司的高级主管或者电影导演给你一些"贴士"，你该从哪里开始呢？

就从这本书开始。桌子上一边摆着你的剧本，另一边就放着这本书。你将跟随一个清晰的流程，它能够帮助你分析自己的剧本，辨别孰强孰弱，并且为你的改写制定行动方案与蓝图。

关于剧本写作有句老生常谈：改稿很困难。自己一人改稿更加困难。拥有《好剧本是改出来的》，就像拥有一位私人教练，你不用孤身一人捱过整个过程。这本书在每一章都布置了一些实用练习，既与你当下的剧本直接相关，也提供给你未来改写剧本的可行方法。为获得最佳使用效果，在修改剧本的过程中最好完成这些练习。写任何新东西之前，也都可以将这本书通读一遍。

本书内容编排的顺序，就是我推荐给我学生的阅读顺序，但是每位编剧初学者进入改稿的角度不尽相同，做事情的顺序自然也就有所不同。因此，随你怎么阅读与使用这本书，怎么合适怎么来。

关于编剧有个规则：没有规则。一些方法已经存在了一百年（而且在戏剧写作中已经存在了2500年），但是没有规则。所以，如果你不同意我所说的一些观点，那就按你自己的感觉去做，看看是否行得通。如果行，那太好了；如果不行，就再试试我的法子，看看最终的结果怎样。很可能我的方法行得通，因为我的方法并不来源于我自己，它是现如今大多数编剧和好莱坞开发部主管们通用的处理剧本的方法。

下面对另一个问题进行解答。我们这里讨论的是好莱坞电影，不是《朱尔与吉姆》（*Jules et Jim*，1962）、《射杀钢琴师》（*Shoot the Piano Player*，1960）、《被遗忘的人们》（*Los Olvidados*，1950）、《美好年代》（*Belle Époque*，1992）或者"阿普三部曲"（《大地之歌》[1955]、《大河之歌》[1956]、《大树之歌》[1959]）这些影片。当然，我要讲到的一些内容在这些电影中也产生作用，但不是所有。我不知道怎么为法国新浪潮电影、意大利新现实主义电影、前佛朗哥时期与后佛朗哥时期的西班牙电影、印度独立后的电影撰写剧本，这些好电影一直深深打动着它们的国人，甚至也打动着我们这些粗鄙的美国佬。但平心而论，对大多数美国观众来说，这些电影从结构、方法和内容方面都是外来而陌生的，所以它们不为大多数好莱坞电影制片厂和制片公司所接受。而我假定的目标，一直是制作一部美国电影制片厂可能会买、美国观众可能会欣赏的电影。

但是，即使你的目标是制作好莱坞之外最好的独立电影，还是需要用我的指导方法为你的电影做更好的改写，而不是拼命复制《去年在马里昂巴德》（*Last Year at Marenbad*，1961）的模式。（如果你能总结出它的模式当然很好，我是不能，即使读过了这本小说都不能。）一部好的独立电影仍然需要好的结构、好的人物、好的对白、好的动作。

所以让我们从改稿开始吧。

但是等等。这个过程会历时多久呢？如果你没有其他事务，可以将全部时间都用于改稿，那么可能要花上几周到几个月的时间。如果你还有一份工作和一个家庭，每周可以工作十个小时的话，也许三到四个月。工作时长得根据你的具体情况而定。

编剧们都是声名狼藉的拖延症患者。我建议你做什么都要制订一个计划。我经常清理办公室，用吸尘器打扫房子，骑车兜兜风，然后把脏衣服送去干洗店。不管你准备做什么，把你要做的事情写下来，然后去做。不要随意地增加清单，当你完成了清单上的这些，就准备好开始改稿了。头脑清楚，心智就绪。然后，欢迎进入第一章。

关于性别的备注

为了避免混乱，写到一部电影的人物时我一般使用的是男性代词。当然，特指女性角色时，我会使用女性代词系统。当我泛指读者、制片人、作者、开发部人员、经纪人和制片部门员工时，用的也均为男性代词系统。当然，其中任何一个职位都有男性也有女性担任。

致 谢

老师从学生那里学到的，常常要远多过于老师教给学生的。感谢我的学生，感谢他们教给我的一切。我特别要感谢他们中的一员，特里·霍尔德里奇，是他鼓励我写成这本书。他甚至在我的讲稿上列出大纲，把目录的雏形都做好了，真是让我压力巨大！

我还要感谢UCLA的吉姆·施梅雷尔、理查德·沃尔特、斯蒂芬妮·摩尔和哈尔·阿克曼，感谢他们的鼓励、支持和那些闪烁智慧之光的金句语录。感谢这个项目值得信赖的顾问团队，我的同伴们——埃里卡·伯恩、马蒂·温克勒、伊丽莎白·哈格里夫斯、卡里·卡鲁汗。他们不仅帮助我把这本书成形，更让这本书的实用性得以增强。当然，若有任何他们未曾发觉的问题，或者由于我的固执己见导致的错漏，都只源于我个人的过错。

另外，我还要把衷心的谢意献给洛约拉马利蒙特大学的杰弗里·戴维斯、UCLA教育培训学院的琳达·韦尼斯；即兴笑话之王马克·谢菲尔德；普丽西拉咖啡店——我的第二办公室；斯塔尔·弗罗曼，他总是督促我精益求精；芭芭拉·亚历山大，非凡的经纪人；我的出版商肯·李和迈克尔·威斯，还有我的编辑保罗·诺伦。

第一章
强化故事和结构

《云图》(*Cloud Atlas*,2012)

开发商决定盖一栋摩天大楼，在勘察和选定地址后，他最先做的一件事就是聘请建筑师来设计结构。他知道，不管建筑工人经验多么丰富，知识多么渊博，都没法不靠设计图平地起高楼。从它的地基深度，到尺寸，到男士洗手间里的瓷砖颜色，设计图都会详细地勾勒整个项目。它让成百人得以了解整个项目，形成共识，对工作的进程与结果达成一致意见。不是说不存在任何改变（如果你曾自己改造过房子，就会知道改造的工序）或者创造性的合作，但是每个人都要从一份共同的设计出发。

在影视行业里，这份共同的设计就是剧本。每个人，从道具人员到主要演员都依赖这份文档作为指导，所以它既是一份技术性资料，也是一份文献文本。就是因为有了设计图，才有了以此为基础的所有人达成的协定，那就是一切以故事为基点。

其实电影讲的就是人物和他们的目的。当人物企及目的的过程中遇到阻碍，他们做了怎样的努力就是故事。定义故事最简单的方法就是：有一个人；他有一个目标；在他和目标之间有堵墙；他必须翻过去，挖洞钻过去，绕过去或破墙而出，总之要达到他的目标。

达到目标的过程，就是故事，也是电影的情节。目标可以千变万化，这堵墙也可以有各种表现形式（它可以内在于也可以外在于你的主人公）。不变的是，所谓故事，就是人物努力达到目标的过程。

戏剧将之表述为"三幕式结构"，这种戏剧结构已经有几千年的历史了。在百年电影制作史上，它被精炼为七个特定的"情节点"，每个情节点都跟主人公的目标有关。

这可以成为构思你故事的起始点，但绝不是唯一的起点。我的心得是，电影始于人物（我跟数以千计的作者分享过这一观点，不是所有作者都同意）。当然了，降临在主人公身上的事情，或者主人公在追逐目标时所做的努力，也是电影要表达的。但我选择从讨论剧本结构开始展开这本书，因为你不能抛开故事结构讨论人物，而我也不愿对术语重复定义。

我鼓励你在前后章节之间来回跳读，就像教授讲课时会在主题之间来回跳跃那样。记住，人物就是动作，动作就是人物。恰恰是追求目标的行为定义了你的人物。它们都是交织在一起的。

所以让我们看看你的剧本中是否有七个情节点构成电影的主体骨架。七个情节点：

（1）**日常生活**：让我们了解谁是主人公，他的问题（缺点）是什么。我们看到主人公在他的日常环境中跟平常人打交道，但是我们也看到他有一些问题，需要改变。他也许对此有所了解，也许毫不知情。

举个例子，在《末路狂花》（*Thelma & Louise*，1991，编剧卡莉·克里［Callie Khouri］）中，影片开始时塞尔玛是一个倍受压抑的绝望主妇，她的男人达里尔是一名汽车销售区域经理，一头大男子主义的公猪（假如这种物种存在的话）。她甚至在周末出趟门也要祈求他的允准。塞尔玛的第一个反抗动作是给路易丝回电话，告诉路易丝来接她的时间。

这是一部充满蒙太奇的电影。第一个长蒙太奇是塞尔玛收拾行装。但是这个蒙太奇的目的是展示她收拾了太多东西（这将导致警察哈尔·斯洛克姆在很久之后的推论），而且提到了她嫌恶地把一把枪塞进了包里。之后她对这把枪的处置也证明了她在自己的旅程中走出多远。

塞尔玛坐进车里，把枪递给路易丝后，听见一句颇为宿命的话："你得其所哉（you get what you settle for）。"显然，她满足于达里尔。我们推断，如果她曾经想要摆脱他，应该会做出要离开他的行为，然而这并没有发生。她的处境很清晰，问题也很明了。

在观看保罗·鲁德尼克（Paul Rudnick）编剧的《新郎向后跑》（In & Out，1997）的片头字幕时，我们对即将要面临的事情毫无概念。当我们被带进主角霍华德·布拉克特（凯文·克兰［Kevin Kline］饰演）居住的印第安纳州格林利夫"最大的小镇"时，一系列富有当地特色的"特写镜头"构建了拍摄地。这是一个保存完好的小镇，是那种自19世纪建立以来价值观从未改变过的小镇（至少当时看上去是这样），正是这种小镇让美国强大富饶。

我们看见霍华德的时候他正在教室（他的社会环境）里背诵一首莎士比亚的十四行诗，我们可以感觉到他对莎士比亚的热情。他引得学生哄堂大笑，容忍着学生们向他提出关于他从前的学生卡梅伦·德雷克（马特·狄龙［Matt Dillon］饰演）的问题，卡梅伦获得了奥斯卡奖提名。当一名神经兮兮的学生递给他一封印第安纳大学的来信并让他打开时，我们了解到他对学生的奉献，以及学生对他的崇拜。他是一个讨人喜爱的家伙。如果这会儿我们还没有被说服，那么当他的好友们为他和埃米莉·蒙哥马利（琼·库萨克［Joan Cusack］饰演）即将来临的婚礼喷洒香槟雨的时候，我们就绝对被说服了。人人都爱布拉克特先生。

每个人都知道霍华德的生活即将改变，但他们不知道这改变有多大，我们也不知道。我们以为他就要跟订婚几年的女友结婚了，因为她正在霍华德和他妈妈伯尼斯（黛比·雷诺兹［Debbie Reynolds］饰演）的陪同下试穿婚纱。

但问题是什么？问题在于潜文本（subtextual）。为什么这个据称异性恋的男子三年都没有跟他的未婚妻发生性关系？为什么他不承认自己是同性恋？难道连他自己都还不知道？

（2）**激励事件**（inciting incident）：通常出现在第15页（或者电影的第15分钟）左右，占据几页的篇幅。你的主人公身上发生了一些事情，它们将永远地改变他的生活，最后迫使他去行动。激励事件有助于主人公明确自己的目标。

《末路狂花》中，主角们在一间乡村酒吧稍作停留，开始喝酒。路易丝有点犹豫，但是塞尔玛提醒她："你说过我们要找点乐子，那就让咱们来吧。"塞尔玛开始和一个陌生男人共舞，这个男人灌了她好多酒，还转得她头晕眼花。当他带她出去"透点气"的时候想霸王硬上弓，他转瞬变脸，对塞尔玛实施强奸和殴打。最后路易丝扣响了塞尔玛带来的那把手枪，将这个臭男人的心口轰了一个大洞。

这就是激励事件！

显然她们的命运从此发生了巨变。

在《新郎向后跑》中，小镇因为两件事而兴奋不已：霍华德即将来临的婚礼和卡梅伦可能到手的奥斯卡小金人。这两件事在奥斯卡颁奖礼当晚汇集于一点。在那部获得奥斯卡奖提名的精彩战争片片段播放完毕以及格伦·克洛斯讲述的一些关于行业内幕的笑话之后，卡梅伦如愿抱得奥斯卡小金人。在获奖感言中，卡梅伦感谢了他的高中戏剧老师——霍华德，然后他完全没有必要地说道，这位老师是同性恋。他做了一个自认为致敬的手势，将这个夜晚献给霍华德·布拉克特。从此，霍华德的生活发生了翻天覆地的变化。

霍华德的未婚妻埃米莉困惑了："霍华德，这人在说什么？"当然，其实她早就考虑过这一点了，可能她自己都猜到了，他们订婚了三年却什么也没发生过。喜欢芭芭拉·史翠珊的电影，喜欢迪斯科音乐，在编剧鲁德尼克创造的古怪世界里，关于霍华德这个人物的线索现在全部叠加了起来。

现在电影有了一个目标，它在向前滚动。所谓的"激励事件"永远地改变了主人公的生活，迫使他去追逐目标，这目标他可能从未想过，或者他想过，但是一直没有勇气去追求。在这部影片中，它给霍华德的生活造成了严重的破坏。如果他是同性恋，他还怎么和未婚妻结婚？这对于他的父母和未婚妻来讲都是晴天霹雳。霍华德声称这新闻他也是破天荒头一遭听到。他不是同性恋，不，他不是。他只想结婚，他号啕大哭。

（3）第一幕终点：这一情节点是你的人物为了应对激励事件带给他的影响而做出相应的行动方案。通常，另一个重大事件会迫使他作出决定，必须立即采取行动。这部分内容当然少不了他的计划，它往往会出现在剧本的第25页至35页之间。现在你的人物有了一个目标，你的故事有了焦点。

塞尔玛凌晨四点打电话给达里尔，他没在家。她开始明白，也许她才应该是那个要为伴侣的行为感到不安的人，而不是达里尔紧盯着她。路易丝决定她们要去墨西哥之后，塞尔玛和达里尔有一段对话。达里尔忙着看他的橄榄球节目，他吓唬她，而她的回答是"去你妈的"。她的态度发生了改变。

塞尔玛知道路易丝曾在得克萨斯州触犯过法律，所以决定去墨西哥。她问去墨西哥要多久。塞尔玛说出了自己的目的地，这是第一幕的终点。

在《新郎向后跑》中，奥斯卡奖得主对霍华德的那句判词，其效果更如摧枯拉朽，一发而不可收拾。校长（鲍勃·纽哈特［Bob Newhart］饰演）提醒霍华德得证明自己是直男并同未婚妻结婚；学生们本来跟他打成一片，现在也对他充满怀疑，当他走进更衣室的时候，学生们都变得羞怯、别扭；婚礼前夕为新郎举行的单身舞会上，他的密友们也被这消息吓到了；之后牧师建议他跟未婚妻"在一起"，他冲向埃米莉，想和她亲热，但这只是因为他被理查德·西蒙斯①的录像带吓坏了。这个激励事件让他的生活一团糟。在这一幕结束时，霍华德的任务再清楚不过——他必须结婚，以此证明自己不是同性恋。

（4）**中点或者转折点**：是的，它发生在中间位置，动作在这里来了一个急转弯，去往一个意料之外的崭新方向。目标也可以发生改变，主要人物将发现他的缺点。"他真正需要的"变得比"他想要的"更加重要。

吉米，路易丝的男朋友，在旅馆等着路易丝，准备在那给她汇钱。路易丝把这笔钱交给塞尔玛，让她妥善保管。到现在我们知道应该有事情会变糟，但我们不知道是什么事。J. D.（布拉德·皮特［Brad Pitt］饰演）来到塞尔玛的门前，上演湿身诱惑，塞尔玛让他进了房间，她的生活真的发生了变化。塞尔玛从十四岁起就一直和达里尔在一起，达里尔是她交往过的唯一一个男人。现在她和 J. D. 一起享受到了前所未有的快乐。第二天一早，与 J. D. 春宵一度的她头晕目眩，直到路易丝问她钱在哪里。钱被 J. D. 偷了。现在故事衍生出一个新方向。塞尔玛说："没关系。"但是路易丝说："有关系，一切都糟透了。"

一直到这个情节点，塞尔玛都是被事件拖着走。不是她有意推动动作向前发展，而是发生在她身上的事情推动着动作。但是现在，她必须采取行动，她要自己掌控局势。动作派生出一个我们未曾预料的新方向。两个女人要进行一场犯罪的狂欢。

在《新郎向后跑》的中点之前，霍华德还是决心证明自己不是同性恋。这里，视觉化的处理非常精到，他"撞"上了那个会帮助他的人，确

---

① 理查德·西蒙斯，美国家喻户晓的健身大师。他从一个饱尝讥讽与嘲弄的肥胖症患者，到倡导"快乐减肥法"的瘦身明星，掀起了风靡全美的健身狂潮。他推出了一个个收视率屡创佳绩的电视节目，还出演了当红电视剧集，他的作品《从不节食》一书连续55周登上《纽约时报》畅销书榜单。——译注

确实实按字面的意思在十字路口上撞到了那个人,而这并非是巧合。

让霍华德自我发现的催化剂正是彼得·莫洛伊(汤姆·塞莱克 [Tom Selleck] 饰演),一个公开宣称自己是同性恋的记者。他不会放手不管,他要迫使霍华德向真实的自我妥协。怎样妥协?在一个十字路口将他撞倒,就像字面意思所理解的那样,在霍华德人生的十字路口上,通过亲他一个满嘴,让霍华德接受这个事实——他喜欢的就是男人。

现在,霍华德的任务变成了如何接受自己是同性恋。故事拐向了一个完全不同的新方向。他的目标不同了。

(5)低点:它是第二幕的终点,主人公将在这个情节点失去关于目标的一切,看上去是真的走投无路了,目标变得遥不可及。根据剧本具体长度的不同,这个情节点应该出现在剧本的第75页~85页之间。

《末路狂花》中,当FBI和哈尔给达里尔播放塞尔玛抢劫便利店的录像带时,达里尔无法相信,但塞尔玛觉得她已经找到了生命的召唤(持械抢劫)。随后哈尔讯问 J. D.,问他是否认为如果当初他没有偷走她们的钱,她们也许不会抢劫商店。很明显哈尔认为她们俩只是受环境所迫才走上犯罪之路的。当路易丝和塞尔玛第二次打给达里尔时,路易丝要他让警察听电话,哈尔接过电话听筒,要她们过来找他自首。他知道她们要去墨西哥了。

这是电影的低点,是第二幕的终点。一切都变糟了。路易丝说,唯一对她们有利的事情是警察不知道她们要去哪儿。现在警察知道了。她们被吓到了,但还是不改决定。她们驶入夜色中。

对于霍华德来说也是一样,一切都变糟了。他来到婚礼现场,但是依然没有坦白。站在教堂的圣坛上,霍华德心底的答案终于悄然而至。霍华德向埃米莉承认,也向全世界承认,他是同性恋。他理应轻松,但是他没有,他慌张失措、混乱不堪。彼得祝贺霍华德,却因此下巴上挨了霍华德一记重拳。霍华德的世界彻底完蛋了。

但是终极低点发生在镜头之外,发生在霍华德如何向在夭折的婚礼之后才赶到的父亲摊牌;因为是同性恋,霍华德被炒了,他之前苦苦经营的一切都付诸东流;他将自己爱的那个女人(不是那种异性之爱,但终究是爱的)伤得体无完肤。霍华德将怎样重新开始他的生活?

(6)最后的挑战:在第三幕的开始,你的主人公看到某些事情,听到某些事情,甚至是想到某些事情,总之这使他复活了,给了他继续下去的意愿,然后他准备去面对最后的考验。为了企及目标,你的人物必须逾越最后的障碍,这是最后也是最为盛大的一场恶战。跑步穿越曼哈顿宣告他的爱,登向绝顶的最后努力、最后十码……它往往出现在你影片的末尾处。

当塞尔玛和路易丝的位置被发现后,她们的命运也已经注定了,或者好像如此。她们本可以自首,或者本可以调头作战,但是这两条路她们都错过了,这两条路都不是她们想要的。如果塞尔玛学到了什么,那就是她现在正掌控着自己的人生,而且必须要自己掌控人生。她告诉路易丝她是一个好伙伴。在大峡谷的边缘,她们真的无路可逃时,路易丝说她不会放弃,塞尔玛说她们不要被抓住,应该继续向前。塞尔玛指向峡谷的崖边,路易丝问:"你确定?"塞尔玛回答道:"嗯。"她们亲吻,发动汽车,紧握双手,飞入峡谷。

这就是她们最后的挑战,塞尔玛达到了目标,现在她完全自由了。

霍华德·布拉克特本应该获得年度教师奖,但是现在他不能了,因为他是同性恋。然而,他的家庭、学生和社区里的人不会让这样的事发生,所以在一个"斯巴达克斯时刻"①("我是斯巴达克斯,我是斯巴达克斯"),每个人都承认自己是同性恋。出柜的霍华德得到了大家的理解和认可,他的生活又恢复了正常。每个人都接受了真实的自己。

唯一的问题是,霍华德的自我拯救仍假手于他人。是的,他最终胜利了,但并不是他自己站出来与不公的制度作战。这是一个由骑兵发起

---

① 由库布里克(Stanley Kubrick)导演、柯克·道格拉斯(Kirk Douglas)主演的著名史诗影片《斯巴达克斯》(*Spartacus*,1960)中经典而煽情的一幕。克拉苏让被俘的起义军战士指认斯巴达克斯,只要抓住斯巴达克斯,其他人就能被释放。就在斯巴达克斯要挺身站出时,他身边一个又一个战士站出来,无畏而骄傲地宣称"我是斯巴达克斯,我是斯巴达克斯"。——译注

的"最后一分钟营救"（a last-minute rescue）[①]的例子，也是电影的败笔之一。如果是霍华德自己的抗争，那么影片的结尾会比现在有力得多。

（7）回归（现在已彻底改变了的）日常生活：用两页或者三页内容向我们展示生活仍然继续，我们的人物已经获得了胜利并且改变了。

关于《末路狂花》的结局可能会有争议，因为她们没有回归到已经改变的日常生活中，她们死了。但这难道不是一个伟大的改变么？电影记录了她们的旅程，强调了她们享受过最美的时光，她们尽情地狂欢，真正地活过。现在她们的生命结束了，但是塞尔玛走上了一条令人难以置信的自我发现之旅并完成了蜕变。其实结尾也暗示了因为塞尔玛和路易丝的这段旅程，观众将回到永远改变了的日常生活，她们永远不会再以从前那样的方式看待男性了。

至于霍华德，他需要一点同性恋的日常生活。影片最后是一段婚礼誓言，是他的父母为他和所谓的"约会对象"所主持的，而那位新闻人彼得则在一旁观礼。没有戏剧化的外在变化，霍华德还会继续教书，他在小镇上还是广受爱戴，只是现在他是个同性恋了。

方法，绝非律法

当然，这七个情节点只是指导、参考。不过，激励事件应该尽早出现，只需向我们介绍了主要人物和我们要关心他的原因之后即可出现。自此之后，所有情节点都与人物的目标有关。（《末路狂花》七个情节点的概述版本见附录一）

[①]《一个国家的诞生》（*The Birth of a Nation*，1915）中首创平行蒙太奇的方法以表现营救的紧张感。火车疾驰，骑手追赶，犯人被押上绞刑架，镜头速度越来越快，赦免令终于赶在行刑的最后一分钟前送到，此被称为电影史上第一次"最后一分钟营救"。而美国现代剧作界笃信自我努力改变命运，"最后一分钟营救"与"天降神兵"因将剧情逆转归于外力而不是人物自身，通常被视作编剧的下下策。——译注

在七个情节点之间会有一些十分重要的场景，这些场景中有很多障碍要通过，也有很多相关的人，但是这些障碍和相关的人相当于你主人公旅程路上的主路标。这里的旅程是个复数，因为故事只是众多旅程中的一个。主人公其实要踏上三条旅程：A故事——情节；B故事——人物关系；C故事——关乎自我缺点的内心之旅。这些故事中，每一个故事都得具备七点结构。这些旅程的每个情节点都因目标而定：企及故事的目标；创造或者修补一种关系以达成某种情绪的目标；变成一个更好的人（认识到生命中某些事情有所助益）以达到个人完善和发展的目标。

这些旅程都是相互交织并相互依存的。通常，A故事的一个情节点也是B故事或者C故事的情节点。事实上，这三个故事结合得越好，剧本就越精彩。

▶练习：把你故事的七个情节点简要地写下来，对每个情节点的叙述不要超过一句话。要确保激励事件发生之后，每个情节点都与你的主要人物的目标有关。

当你做完这些，再回到这一章节。关于故事，要做的事情还多着呢。

节拍表

故事不太平衡或者弄丢了其中几个情节点都有可能发生。现在是时候看看你的结构做得怎样了。所有情节点都与你主要人物的目标有关么？剧本中的情节点都接近上文所说的平衡么？现在让我们来熟悉一下你的剧本。无需对故事做任何改动，我们只要看看你究竟拥有多少场戏。所以我们先把你的故事写出节拍表来。

如果你跟大多数职业编剧一样，就不会一屁股坐下来马上开始写作。你会思考、写便签，甚至还会做一些人物速写。如果你确实是遵循这种步骤，那么就算你还没有一个完整的情节大纲（这是另一本书的主题），也至少应该做出一个节拍表。所谓节拍表，就是你故事里的场景列表。每个作者的做法不尽相同，但是大多数作者至少用一两句话来提醒他们每场戏是什么（节拍表表例见附录二）。写剧本的时候，你节拍表里的每场戏也许与最终出现在剧本中的不完全一致，你可能已经对某几场戏进行增删或者改动，这就是一个过程。写节拍表的时候，你可以很容易移动每场戏的位置，可以加入几场新的戏，或者将不太能推动故事发展的几场戏直接删掉。

当你改写的时候，也需要做这些工作。为了解当前的情况，你需要写一个新的节拍表。根据一些编剧的做法，最好是把每个节拍写在一张索引卡上。相对而言，洗牌是件容易的事。现在可以用电脑来完成这些工作，大多数电子编剧软件都有这项功能，你可以选择自己手动整理或借助电脑。但不管你的选择是什么，现在就去干吧。这会花去你一段时间，不要着急，磨刀不误砍柴工，我有足够的耐心等着你。等你再回到这里的时候，手里应该有一个表格，它应该对每场戏都能用一句话进行描述，包括这场戏里有谁，冲突是什么，人物的性格特点是什么。（第四章会写到一场戏需要的更多东西。）不用写那些意义不大的过场镜头，例如"坐车"，或者"定场镜头"。为了更加方便，给每个节拍编上号。这个以单倍行距排版的节拍表长度可能只有三页纸左右，包括30~75场戏不等。赶紧去做吧，我在这等你回来。

发展次要情节

你回来了。好极了。现在我们来说说次要情节，因为相较于你故事的层次，它们更容易说清楚。到现在，你应该想着两个主要的次要情节——故事B（情感的次要情节）和故事C（个人成长的次要情节）。在大多数故事里，中心故事是故事A，而在浪漫喜剧中，故事B，即情感的次要情节才是中心故事。

还有其他的次要情节，因为主人公的生活中总有其他事情发生——他可能和星巴克的咖啡师有一段故事，可能和他的狗之间有一段故事，也可能和他的地板蜡之间有一段故事。这些故事从某种方面可以映射出他的主要问题，但也不是必须如此。

主人公不是你剧本中唯一的人物，他有朋友、爱人、敌人，每个人都可以有一个自己的次要情节。最重要的配角可以拥有一个"七点"故事，次一点的配角可以拥有一个只有起点、中点和结局的故事，也就是说"三点"故事就足够了。但是谨记一个宗旨：次要情节是否或多或少地说明了或者反映了主人公的故事或问题？如果没有，你就要问问自己这些次要情节到底有什么用。

提高赌注

如果故事的一开始就已经出现了妨碍你主人公达到目标的最大、最艰难的障碍，那他接下来还能往哪儿去？那只能是一条下山路，一步比一步低，更别提什么令人提心吊胆了。所以，在建构故事时，你必须让主人公跨越障碍的这条路一步比一步更加艰难。但这还不够。

如果你的主人公无法达到他的短期目标，甚至是长期目标，将受到什么样的惩罚呢？换句话说，存在什么风险？他将承担怎样的风险？如果车开得太快，那么他的车将滑离公路；如果在一次测试中失败，那么一切都将从头再来；如果强迫女孩接受他，那么就会失去她。

或者他的人生。

对于我们的主人公来说，失败带来的结果将是极端悲惨的。他会失去财富，失去房子、孩子或他的工作；国家或者世界将会被摧毁。不管它是什么，总之必须值得也对得起我们的关注。如果主人公追逐的目标不值一提，观众也就不会上心。如果他们都不上心了，自然也就不会看下去了。

在剧本推进的过程中，应该持续提升这个风险。你是这样做的吗？

▶练习：如果你的主人公在追逐目标的过程中失败了会怎么样？失败会招致怎样的后果？用一两句话来描述这个风险。

障　碍

关于障碍，我要提醒你的是，它既来自内部，也来自外部。内部障碍是主人公的缺点，它将阻碍他到达目标，除非他能克服它。所以你需要提醒我们，主人公的缺点是什么，我们需要看到这种缺点是如何影响试图跨越障碍的主人公的。换句话说，你必须为主人公建立一个学习情境。你有么？

情境中的反面角色给主人公制造麻烦了吗？再一次，问问你自己，达到目标的这个过程是困难还是容易？最好是困难的，而且越困难越好。

谁是真正的英雄？

写一部剧情片最困难的地方在于指出谁是英雄。是的，英雄。即使在一部浪漫喜剧片中也一样，即使在一部青少年性闹剧中也是如此，即使在恐怖片中都需要一个英雄。所谓英雄，就是能够战胜逆境抵达目标的人，而且他必须是在"最后的挑战"（有时也称为高潮）中依然一往无前直奔目标的人。也就是说，主人公必须是他自己的拯救者。骑兵不能在最后一分钟里飞驰而来（《要塞风云》[Fort Apache, 1948]就是这样干的），他最好的朋友没能救他；病毒没能从火星侵略者手中拯救世界（这也是《世界之战》[War of the Worlds, 2005]最大的败笔）。只能靠主人公自己浴血奋战、坚持不懈，战胜横亘在他与目标之间的重重险阻（就像《星球大战》[Star Wars, 1977]中的天行者卢克，《绿野仙踪》[The Wizard of Oz, 1933]中的多萝西）。如果不是，观众就不能得到满足。他们也说不清是为什么，但是就觉得这电影看着不爽。

▶练习：用一句话，描述你主人公在最后的挑战中做了哪些事情去战胜最大的障碍。他可以得到帮助，但他必须是主导者，不管这种主导是以何种形式。

你已经完成这一章的主要工作了,所以是时候给你点小奖励了。去想想那些一般不会花时间思考的蠢事。在星巴克看看报纸。打一两局保龄球。去图书馆瞎逛逛。我自己喜欢每完成改稿的一个阶段就去锻炼,所以我现在应该骑着山地自行车挑战韦尔杜戈山脉了。别写了,或者压根连想也别想了,去做点别的事情,然后再回来。

第二章
强大的主角

《土拨鼠之日》(*Groundhog Day*, 1993)

> "人物是最根本的材料，我们必须在他身上下功夫，所以我们要尽可能透彻地了解人物。"
>
> ——拉约什·埃格里,《编剧的艺术》

电影不像抽象的现代艺术，它建立在人的基础上——他们的互动、对冲突的反应、情绪等。电影的构成材料就是人物：有趣的、新鲜的、活跃的、滑稽的、古怪的、胆怯的、愚蠢的等各色各样的人物。每部影片都是关于一个人情感旅程（常常包括一段真实的旅程）的故事。注意我说的是"一个人的"。

学生们经常问我是否应该有多个主人公，比如说像《虎豹小霸王》（Butch Cassidy and the Sundance Kid, 1969）、《末路狂花》。我的回答是，这些是"伙伴电影"，但仍然只有一个人是主导，故事主要是围绕着那个人展开。在《虎豹小霸王》中占主导地位的是布奇牛仔，《末路狂花》中是塞尔玛（其实从片名两个人物的排名次序你就已经得到了提示）。但是在"群像电影"中呢？我会问他们："比如哪些群像电影？"有的班上会有些机灵的学生提出《山水又相逢》（The Big Chill, 1983），还有的班上可能会有真正聪明的家伙提出《西卡柯七个人的返来》（Return of the Secaucus Seven, 1979），或许是《早餐俱乐部》（The Breakfast Club, 1985）（《十一罗汉》[Ocean's Eleven, 2001] 不是），然后就卡壳了。即使你还能提出别的片子，它们仍然只是例外。"一个人的"这一规则不是人为创造出来的，而是因为观众在面对超过一个人以上的主人公时就会感到困惑。既然一部影片被定义为"一个人的"旅程，那么在你走得更远之前，得先指出谁是主人公，这很重要。

关于主人公，我还要告诉你一件你应该知道的最重要的事——他想要什么，尽管之后这个问题可能会变成他需要什么。这一问题是影片的驱动力，它定义你的主人公，促发动作。电影里所有事情之所以会发生，都是因为主人公在追求他的目标。正是它推动动作，引发改变，告诉我们人物是怎样的。所以你的电影是否有正确的主人公？你是否知道你的主人公想要什么？

人物与前提必须匹配

我们在检查人物之前要问的第一件事是，"这部电影是关于什么的"，"它的前提①是什么"，然后我们务必要使主人公证明此前提。这里说的"前提"，指的是埃格里关于前提的定义——影片的中心论点，也就是你准备去证明的东西。它可以是"伟大的爱甚至能够对抗死亡"，就像《泰坦尼克号》（ *Titanic*，1997）（以及《罗密欧与朱丽叶》[*Romeo + Juliet*，1996]）；它可以是"贪婪吞噬灵魂"，就像《碧血金沙》（ *The Treasure of the Sierra Madre*，1948）和《威尼斯商人》（ *The Merchant of Venice*，1974，2004）表现出来的。

人物出自前提，前提来自人物

前提就是你努力偷偷隐藏在电影里的潜在信息。你既想娱乐，又想表达些什么，对吗？执行总管会引用塞缪尔·高德温（Samuel Goldwyn）的名言回复你："如果想要发送一则信息，就去找西部联合电报公司（Western Union）。"但是，如果一部电影真的不说点什么，它也就不值得一看了。即使最简单的电影也有一个前提（你可以将它称之为主题、想法、议题，随你怎么叫，埃格里管它叫作"前提"）。

前提往往通过一句话来表达，而且最好不要有"是"这个字眼（那样

---

① 前提（premise），译法参考拉约什·埃格里：《编剧的艺术》（ *The Art of Dramatic Writing* ），高远译，后浪出版公司策划出版，北京联合出版公司2014年版，第1页。——编注

可能沦为单纯的陈述定义)。可以举出几部当代电影所含前提的例子,如《完美风暴》(*The Perfect Storm*, 2000)的"低估大自然的能力会引发灾难",如《爱国者》(*The Patriot*, 2000)的"正义战胜暴政",如《小鸡快跑》(*Chicken Run*, 2000)的"协作与希望让你摆脱奴役"(是的,《小鸡快跑》讲的是这个),如《蜘蛛侠》(*Spider Man*, 2002)的"能力越大,责任越大"。

所以在我们进一步探究人物之前,想想你要通过故事真正表达些什么。这里我讨论的不是用一句话概括动作,我说的是你想通过影片传达什么信息。它潜藏在所有文本之下,是你影片最深层的核心。

▶ 练习:现在,写下你故事的前提。不要用"是"这个字眼。不要讲述这个故事,只写下一个你想要证明它是事实的观点。

人物要匹配前提

一旦你对电影要表达的内容有了概念,就必须确定你的人物能够帮助你证明这一前提。最初写电影的时候,你会先发现人物,然后再找寻前提。用人物去证明前提,这种方法做起来会比较困难。我已经这么做过了,很多人也这么试过。但是如果你事先就知道人物想要达成什么目的,那么,找到你需要的那一类人物,相对来说就会更容易一些。但是你已经有人物了,所以让我们来确保人物与前提能够匹配。

举个例子,在《罗密欧与朱丽叶》中,如果罗密欧深思熟虑、谨小慎微,就像哈姆雷特一样,那么这个故事可能就进行不下去了。主人公哈姆雷特永远没法证明"伟大的爱甚至能够对抗死亡"这一前提。如果乔治·克鲁尼(George Clooney)的角色比利·泰恩船长慎重而细心,也就不会有《完美风暴》里的故事了。

这些人物的个性驱动着故事的发展,他们的动作证明了前提,也只有这些人物才能证明。

你可能认为这些人物创造了这些情节,也许你是对的。确实,如果没有克鲁尼塑造的人物，也就没有情节了，只剩下一场大风暴；没有梅尔·吉布森（Mel Gibson）饰演的这个人物的背景，没有他对家庭的热爱，没有他堕入杀戮的狂暴，也就不会有《爱国者》了；没有艾尔维·辛格（Alvy Singer）庸碌无为的性格和诡异缥缈的幽默感，也就不会有《安妮·霍尔》（Annie Hall，1977）了。《阿比和阿弟的冒险》（Bill and Ted's Excellent Adventure，1990）中怎能没有比尔和泰德？《土拨鼠之日》（Groundhog Day，1993）怎能没有那个愤世嫉俗的菲尔·康纳斯？《窈窕淑男》（Tootsie，1982）如果没有迈克尔·多尔西，哪有那么多令人烦恼的困难？

所以，你的人物能否帮助证明前提？他是否能够很好地与你的前提相匹配？

人物塑造

让我们来看看你的人物，看他是不是那个能证明你的前提的人。如果他不是，我们可以对他做出调整，或者对前提做出调整。我们如何进行确认呢？解构他。你可以在脑海中构想一个人物，但是观众是否看得清楚呢？如果你对人物足够了解，那么观众就能看到。

拉约什·埃格里在《编剧的艺术》中写道，每个人物有三个组成部分：生理因素、社会因素、心理因素。换句话说，他们的外形如何？他们从哪里来？现在的社会环境如何？他们的思想过程和情绪过程是怎样的？最好也包括他们的目标、缺点，或者区分他们的奇怪嗜好。举个例子，让我们看看梅尔·吉布森在罗伯特·罗达特（Robert Rodat）编剧的《爱国者》中的角色，本杰明·马丁。

幽灵，本杰明·马丁
生理情况：40多岁。深色头发。外表粗糙坚韧。身形矫健。
社会背景与关系：农场主，但是没有自己的奴隶。鳏夫。六个孩子的父亲。前陆军上尉、立法委员。颇具声望。

心理情况：因为法国－印第安人战争①而深受创伤后应激障碍之苦。害怕罪恶会重临到他身上（事实的确如此）。不轻易发怒，一旦发起脾气来就不得了。蹩脚的家具制造者，但是从来不放弃。多愁善感。语气温和。只要不逼他，算是个和平主义者。家庭、自由和狂怒基本上就是他的几个关键词。

他必须克服的缺点：嗜血之欲。

目标：置身于战争之外 → 解救儿子 → 赢得战争

让我们再来看看《生活多美好》（It's a Wonderful Life，1946）的主人公乔治·贝利（George Bailey）的人物特点。此片由弗朗西丝·古德里奇（Frances Goodrich）、艾伯特·哈克特（Albert Hackett）和弗兰克·卡普拉（Frank Capra）共同编剧，并且根据乔·斯威尔林（Jo Swerling）根据菲利普·范多伦·斯特恩（Philip Van Doren Stern）的故事改编。

乔治·贝利

生理情况：从童年时期开始。失去了听力（发生在救了兄弟之后），

---

① 法国-印第安人战争（French and Indian War）：指 1754～1763年间在北美大陆进行的法英战争，以法国失败而告终，英国获得法属北美殖民地。——译注

长得又高又瘦，像根竹竿儿。

社会背景与关系：中产阶级，健全家庭。父亲是一家储蓄与贷款公司的老板（乔治去过他的办公室）。家里有一个女仆、一个小弟弟——他救的那个。还是孩子的时候，他在一家药店工作，长大后就接管了父亲的生意。大伙儿都喜欢他（玛丽趴在他耳边说话，其他的女孩也喜欢他）。生活在一个小镇里。从没上过大学，也没出去旅行过。

心理情况：对旅行和冒险感兴趣。愿意冒生命危险拯救他人。有同情心。直言不讳。幸福，而且无惧在人前展示。爱他的父亲。忠诚、诚实。爱国。

缺点：脾气急躁。

目标：要做些重要的大事。

你越了解你的主人公，就会写得越好。在你改写的时候，可能要想象主人公生活在一个新的环境，和一些新的人在一起。为了写出他的行为和对话，为了让他在这个故事中始终如一，你需要了解这个人。而且，到了改写他的对白时，你得跟你的主人公更加熟稔亲密，这样他的对话和动作才会更加自然地从你的笔下流淌出来。

▶ 练习：为你的主人公写一个简要的人物小传。
- 名字：
- 生理（包括年纪）情况：
- 社会背景与关系：
- 心理情况：
- 目标情况：
- 阻碍他的性格缺点：

动　机

现在，你已经对你的人物有了一个清晰的认识。想得越清楚，写剧本的时候就会表述得越清楚，也就更能为他的动作找到动机。你要知道他从哪里来，不管是生理上还是心理上，这会告诉你他要往哪里去。现在他有理由去做一些事情，不只是为了方便推进故事，而且确实发自内心去做。故事里，你的人物面对挑战做出的回应塑造了他。约翰·萨克瑞特·杨（John Sacret Young），《中国海滩》（China Beach，1988-1991）系列电视剧的联合编剧之一，也是《证言》（Testament，1983）和《义无反顾》（Romero，1989）的编剧，曾经说过："如果你对你的人物不够了解，就会出现问题。"

一 致

第二个要确认的就是一致性。你的人物在整个剧本里的反应保持一致了吗？或者他会时不时地做些与他性格不符的事情吗？当然，他可以做些令人意想不到的事情，只要它们在塑造人物性格时能够讲得通。艾尔维·辛格在他的业余时间不会举重；迈克尔·多尔西不会平静地接受侮辱；汉尼拔·莱克特不会用错语法，除非是为了制造效果而故意为之。

▶练习：通读剧本，确保主人公的行为与你赋予他的性格保持一致。确保每个动作和每个字词都能够从人物的生理、社会和心理等各方面说得通。

让你的人物有看头

只看开头的五分钟，你就知道自己喜不喜欢一部电影，这个判断很大程度上取决于你对影片主人公的感觉。在大多数好莱坞电影中，这意味着，要么我们喜欢他，要么他相当有趣以至于我们不得不注意他。想想，有几部成功的电影是以一个不入流的混蛋作为主人公的？当然，你可以举出一些例外，比如《疤面煞星》（Scarface，1983），甚至《教父2》（The Godfather: Part II，1974），但是这些是例外，因为出演这些角色的演员都很有看头。即使电影主人公一开始是个混蛋，往往最后他也会变成不一样的人。想想金·凯瑞（Jim Carrey）在《大话王》（*Liar Liar*，1997，保罗·瓜伊［Paul Guay］和斯蒂芬·梅热［Stephen Mazur］编剧）中的角色弗莱彻·里德（Fletcher Reede），即使故事开始时他在许多方面都堪称卑鄙可耻，但他还是有让我们喜欢的地方——他爱他的孩子，而且他很滑稽。（多亏了梅热这个世界级的俏皮话大师。）

其他电影里，可能是人物的幽默感、外形或者脆弱争取到我们的关注。但是最重要的是，主人公的缺点、怪癖让我们认同他们。缺点让一个人物更加有趣。好人也会有不好的地方，这让他们更加人性化，可以接近，更加亲切、可信。冲突的一个方面，就是主人公与他性格中的这些负面特征做斗争。

尼古拉斯·卡赞（Nicholas Kazan），《弗朗西斯》（*Frances*，1982）、《豪门孽债》（*Reversal of Fortune*，1990）和《机器管家》（*Bicentennial Man*，1999）的编剧，跟其他很多一样都是这么做的：人物不必讨人喜欢，只要引人注目。读者和观众要能够在人物身上看到自己的影子。"只要人物在情绪上是真实的，"卡赞说，"那么你（作为编剧）就上道了。"

▶练习：是什么让你的人物值得一看？他的看点是什么？注意，我不是问你人物的可爱之处。请用一句话或者更少的字写出来。
如果对于这个问题你没有很好的答案，那么返回去重新思考你的人物小传。不管你的答案是什么，都必须将之整合入人物小传，然后再注入你的剧本中。

目　标

这是你必须知道的有关于人物最重要的事。如果一个人物没有目标，那么他就是被动的，是这个世界在影响他、作用于他。他只是一个无名小卒，推一下才动一下，并不主动。他也不是动作的中心，没有推动动作，而是被动作拖着走。"主人公"这个词可以从几个方面来定义：从戏剧性的角度来说，是主导人物或者英雄；但是它也可以被定义为投身于某项事业的人。你的主导人物也必须捍卫一个信念，哪怕只是他自己的执念。他必须拥有一个目标。

但是你的主人公不一定在影片一开始就有目标。起先他不知道自己想要什么，直到有事情发生在他身上，也就是激励事件，才迫使他产生目标。尽管在第一幕终点，他已经知道了目标是什么，而且他已经有了一个追求目标的计划，但是在第二幕中间可能发生了一些变故，迫使他改变自己的目标，或者认识到内心的需要才是更加重要的目标。然而，追求目标在整部电影中都是最重要的。

作为作者，你必须知道主人公的目标原本是什么，而后又变成了什么。你必须确保每个场景里他都在朝着目标奋进。目标一直推着他前进。

▶练习：对于主人公来说，显而易见的外在目标是什么？中点处他的目标又变成了什么？（换句话说，他真正想要的和他需要的是什么？）

缺 点

但是，总有一些障碍阻挡他达到目标。是的，这就是他的对手。《完美风暴》中是自然之母，《亡命天涯》(The Fugitive, 1993)中是联邦执法官。稍后我们会就此做出更多讨论。应该还有一些强大的力量阻挠他追寻目标，为了达到目标他必须想办法战胜它——他的性格缺点。

强化缺点

没有人是完美的(《热情似火》[Some Like It Hot, 1959]如是说)。这句话你应该已经听过上百万次了，甚至还曾经用这句话做过自己的借口，但你知道它是真的。

你从未遇到过一个完美的人，即使是对你非常重要的人，甚至是你那"完美"的小孩，或是超人。当然，超人拥有一个生理缺陷——他对氪星石过敏。但是生理缺陷不算数，我们讨论的是性格缺点甚至心理缺点。超人从没有展示过真实的自己，他过着双重生活，很难跟人交流。他是有缺点的，简而言之，超人也是人。

如果你所写的角色不是人类，尤其是当主人公不是人类时，那么人们不会想看你的故事。他们不仅需要你的主人公是人，而且是有缺点的人。害羞、自大、性格冷漠、鲁莽冲动、缺乏自信、不懂礼貌、不够成熟，还有其他未列出的上百种缺点，其中任何一种都可以使你主人公的旅程充满障碍。为了扫除阻隔在他与目标之间的外在障碍，主人公必须克服内在缺陷。就像安德森说的："把不完美的人物变得更加丰满，要比把完美的人物变得有趣容易得多。"

所以，再一次回到你的人物小传。想想你人物的心理特征，了解他们的负担和累赘。他们有哪些失败？想想他的缺点。是什么横亘在他和目标之间？为了让我们明了他所面对的难题，从我们看到主人公的第一面起，你就需要强调哪些内容？——那就是你必须知道的关于你人物第二重要的事情，即他的缺点。正是它挡住了主人公奔向目标的去路，而这个目标正是关于人物第一重要的事情。

▶练习：主人公的哪些人格特征（愤怒、缺乏安全感、自大傲慢、贪婪、交流障碍或承诺障碍、自私等）阻止他奔向目标？它们是如何阻止他的？

通过人物展现动作

多少次你一听到有人说到写作就会这么说："动作就是人物。"这是什么意思？很简单，我们通过他们所做的和所说的定义一个人。电影告诉我们一个人有超凡的魅力没什么作用，有效的是展示这个人如何运用他的吸引力去影响他人（约翰·韦恩在《要塞风云》或他其他众多影片中便是如此）。你不能告诉观众这个人物很害羞，你必须要在一个情境之中，通过他的动作告诉我们他是个害羞的家伙（就像超人碰见路易丝·莱恩）。实在不行，你还有最后一招，可以通过人们对他的议论告诉观众他很害羞，但其效果显然比不上在一个情境中进行展示，比如他躲着不想跟人碰面的情境，或者别人嘲笑他而他保持缄默的情境。动作就是人物。在银幕上，所谓人物就是他所做的动作的总和。

肮脏的哈里拿着枪抵着一个人的脑袋威胁他；超人一跃而过摩天大楼；多萝西逃离农场和她的问题；卢克逃离农场去拯救宇宙；塞尔玛将枪打包，小心翼翼地捏着它，然后用这把枪抢劫了一家便利店。①每个动作都告诉我们这个人物身上发生的事情、在故事现阶段的信息。他所做的事情定义了他这个人。

▶练习：为三场戏分别写出一句话，通过描述人物在每场戏里的行为来展示他是一个怎样的人。如果你还没有这样的戏剧场景，那就创造它们。

展示人物的其他方法

甚至还可以简单地用服装来展现人物的特点。我们最能记起埃

---

① 哈里、多萝西、卢克、塞尔玛分别是著名美国影片《肮脏的哈里》（*Dirty Harry*，1971）、《绿野仙踪》《星球大战》《末路狂花》的主人公。——译注

琳·布罗克维奇①的两件事是什么？好的，除了胸前傲人的那两点。是的，她穿的衣服是她第一个显著特点。这归功于编剧苏珊娜·格兰特（Susannah Grant），再加上另一位编剧理查德·拉格雷文尼斯（Richard LaGravenese）的协助，让这个基于真人原型的"埃琳"形象令人难忘。她俗艳夸张，毫不吝惜秀出自己的火辣身材。紧随服饰之后的另一个显著特点，则是她的语言。她从不掩饰自己的想法，想说什么就说什么。这是一个令人过目难忘的角色。

对　白

一个人物说什么很重要，他用什么样的方式说也很重要，这也是《永不妥协》超越一部乏味的法律诉讼片的原因。一个人物说什么，他就是什么样的人。最先能向观众介绍人物的就是人物的说话方式，他受教育的程度、出生地、思想状态，统统反映在言辞之中。想想影片《阿甘正传》（*Forrest Gump*，1994）、《矿工的女儿》（*Coal Miner's Daughter*，1980），再想想《星际迷航》中的柯克船长，说起话来肯定跟史波克不同，而他们肯定也跟斯派克·李（Spike Lee）在《她说了算》（*She's Gotta Have It*，1986）中不同，与《蓝衣魔鬼》（*Devil with a Blue Dress*，1995）中的伊兹·罗林斯（Easy Rollins）不同，与《玉米田的天空》（*My Family*，1995）中的吉米·斯米茨（Jimmy Smits）也截然不同。

对白是描摹人物的方法之一，对于你的主人公来说更是如此。他应该拥有自己的说话方式。不只是他们说什么，而且是怎么说。你也许已经注意到了，当你开始了解你的人物时，他的声音就发生了变化。因此，最好在故事一开始就让他说起话来与众不同，这事宜早不宜迟。所以，通读剧本，只看主人公的对白，想办法让人物的腔调前后统一，让它突显出

---

① 影片《永不妥协》（*Erin Brockovich*，2000）的女主人公，曾经的选美皇后，为了婚姻两度妥协，甚至有时存款不足一百美元。这样一位经历了两次离婚并带着三个孩子的单身母亲，却为几百名受害者打赢了污染官司，创造了美国历史上同类民事案件赔偿金额之最，高达3.33亿美元。——译注

来，告诉我们人物究竟是怎样的。我们能从对白就听出这个人平时的说话方式吗？换句话说，他有偏爱的词汇吗？能很轻易地就听出来他的教育程度吗？我们能听出他生活的区域（如果有必要）或者口音吗？能听出他的年纪和社交范围吗？（指的是我们会根据自己的说话对象在言语上做出微调。我们对孩子说话是一种方式，对街头混混是另一种方式，而对牧师又是另一种。）

一些编剧课程会设有专题，让你只打印出某个特定角色的台词表（相关页），这有助于让你在文本中专注于这一角色。

▶练习：通读你的主人公的所有对白，不要停下来看其他人物，这样你的头脑里就只会听见一个人的声音。如果有必要，可以做出一些改动。

有一个很好的例子。在《莎翁情史》中，先只读莎士比亚的对白，然后再读剧本的其他部分。编剧马克·诺曼（Marc Norman）和汤姆·斯托帕德（Tom Stoppard）通过对白清晰地描摹了每个人物，尤其出色的是莎士比亚，他常常讲一些笔下戏剧的对白，这使他的话语听起来格外新鲜、与众不同，没有人会像他这么说话。你的主人公也是如此吗？

不仅仅是你的人物怎么说话，还包括他说什么。当人物的真实意图隐藏在他所说的话中，也就是在潜台词中，对白才最有意思。如果人物将潜台词直白地说出来，将他真正的意思和感受挂在嘴边，人物就变成扁平的了。

当人物在对白中说的是一件事，而实际上要表达的却是另外一件事的时候，这些话语就是潜台词。难道我们从未当着孩子的面说过一些不希望他们听明白的事吗？比如我们在谈论贝蒂这样一个感官至上的人是怎样跟一箩筐的国际友人发生性关系时，可能会说她喜欢……呃，对不同田地里长出来的众多"咖啡"进行抽样。她喜欢美国"咖啡"，法兰西"咖啡"，土耳其"咖啡"，但是真正中意的是意大利"咖啡"。

有时，一个人物是有意识地做一件事，有时则不是。在编剧霍顿·富特（Horton Foote）的影片《杀死一只知更鸟》（*To Kill a Mockingbird*,

1962，根据哈珀·李［Harper Lee］的畅销小说改编）中，当滥用私刑的暴徒聚集到监狱时，阿提库斯·芬奇（格利高里·派克［Gregory Peck］饰演）的小女儿斯考特对坎宁安先生说起的几件事——坎宁安带过来的山核桃、他的儿子等——就缓和了局面。表面上，她只是尽力表现得友好。但在深一层意义上，她向暴徒们说明，尤其是向坎宁安先生说明，他们都是社团中互相依存、互相帮助的一份子，而她的爸爸才是这个社团真正意义上的支柱。坎宁安意识到他现在还不能反对芬奇，因此他吩咐所有人跟他一起离开。

斯考特并没有将心里的想法直接说出来，但是通过她已经说出的话，我们就明白了她的意图。富特知道该怎么处理。这段文本将孩子的天真无邪与暴徒的暴力威胁形成鲜明对比。

在一部电影里，这种对白可以把你的观众紧紧地吸引在座位上，它赋予你的人物独特的性格，赋予你的剧本智慧的火花。看看在弗朗西斯·福特·科波拉（Francis Ford Coppola）的《教父2》（根据马里奥·普佐［Mario Puzo］的小说改编）中，罗伯特·杜瓦尔（Robert Duvall）的角色汤姆·哈根与污点证人弗兰基谈论罗马时期；或者威廉·福克纳（William Faulkner）的《夜长梦多》（*The Big Sleep*，1946，根据雷蒙德·钱德勒［Raymond Chandler］的小说改编）中，博加特这一角色对巴考尔说起赛马，这些对白再一次证明了他们说的根本不是赛马，而是性；杜瓦尔也不是在进行一场历史的讲古，而是跟弗兰基谈判他该如何退出——让弗兰基体面地自杀，汤姆将照顾他的家人。

▶练习：找出你剧本中那些直白露骨的对白，将它们变成潜台词。

定义性台词

剧本中有一两句对白对你的人物尤为重要，它们往往被称为"性格台词"（character line），也就是通过这些话，真正地揭示你的主人公是怎样的人，他们已经开始或者即将要开始怎样一段旅程。UCLA的詹姆斯·施梅雷尔让他的学生在剧本里找到主人公能够真正向观众展示自己的地方，它们会告诉观众、读者他是怎样一个人。这可是演员最爱干的事，当他读剧本时，很容易就会被吸引。只要演员对你的剧本表示出兴趣，电影制片厂对你的剧本也会有兴趣了。

举个例子，在大卫·马梅（David Mamet）编剧的影片《大审判》（*The Verdict*，1982）中，保罗·纽曼（Paul Newman）饰演的角色弗兰克·加尔文有一段对白，把其性格展现得淋漓尽致——"我到这来就是拿你的钱的。（停顿。）我把这些照片给你看了，所以我理应拿你的钱。（对年轻的神父挥了挥手，拒绝拿走文件。）但我不能拿。如果我拿了……如果我拿了，就会迷失。我就会成为一个唯利是图、趁火打劫的有钱混蛋。（停顿，请求理解。）我不能。不能拿这钱。"

这番陈辞让这个人物树立起来了，也向观众表明他准备破釜沉舟、打一场翻身仗的决心。《窈窕淑男》中迈克尔说的那句"我做女人比做男人还要好"，形象生动地向观众揭示了迈克尔的变化历程与当下状态。

在《肮脏的哈里》（哈里·朱利安·芬克［Harry Julian Fink］、R. M. 芬克［R. M. Fink］和迪安·里斯纳［Dean Riesner］编剧）中，最"臭名昭著"的台词当然是哈里用枪抵着罪犯的头时对他说的话，这句台词现在已经进入了大众语汇，它充分地向我们揭示了这个人物——"我今天很开心"（make my day）——这句话，说明他在为开枪杀人找借口，他有一套自己的游戏规则，为了得到他想要的，会不择手段。

为你的人物找到这样的台词，这会帮助你更好地了解他。如果你能搞清楚隐藏的原因，这个人物为什么会这样做，不是情节点需要这样或者他做了什么，而是他为什么要这么做，那些人物内在的东西，即驱使着他的东西，那么，这会影响他在每场戏里所说与所做的一切。

如果你弄清楚了这一点，就能让你的观众对这个人物投入感情。

还有一个例子。在影片《马耳他之鹰》（*The Maltese Falcon*，1941，由编剧约翰·休斯顿［John Huston］根据达希尔·哈米特［Dashiell Hammett］的小说改编）中，看上去马洛为达目的（钱和"马耳他之鹰"的雕像）会做出一切法律容许的甚至不容许的事，但在最后一场戏里，当他准备告发那个他爱的女人杀死了他的搭档时,他说:"别相信我真像他们说的那么坏,那只是为了招揽生意。"在那一刻我们知道,他还是一个有道德准则的侦探。他精心设计了一切,都是为了找出杀害搭档的凶手。

或者你也可以让主人公重复一句台词。这句经典台词——"我会回来的",足以概括阿诺德·施瓦辛格(Arnold Schwarzenegger)在《终结者》(*The Terminator*,1984,詹姆斯·卡梅隆[James Cameron]和盖尔·安妮·赫德[Gale Anne Hurd]编剧)中的角色。

所以,当你通读主人公的对白时,找出一句这样的台词,如果没有,就写一个。它将帮助你聚焦你的人物是谁、他要做什么。

▶练习:写出一句可以完全揭示你人物个性的台词。

强化人物的核心情感关系

我们去看电影,是因为电影里的人吸引我们。即使是充斥着特效的电影中依然有人,那些我们关心的人。我们关心的不仅仅是人,还包括人与人之间的关系。说得更明确些,关于主人公和其他人之间的关系。

在每一部电影里,即使是动作电影里,都必须有核心情感关系。这是让主人公更加人性化的方法;这是展示他的情感历程和故事发展(聚焦于他的目标)的方法;这是将主人公关联到人类层面,促使观众对他产生认同、支持的方法;这是能赋予故事以情感的现实质感,使每个观众都能够理解的方法。

不必只局限于罗曼蒂克的关系。它可以是伙伴关系,像《末路狂花》;可以是近似于父女的关系,像《百万美元宝贝》(*Million Dollar Baby*,2004);可以是师生关系,像《星球大战》。关键是你的电影内核必须有一种情感联系,它赋予你的电影灵魂。

有两种情感关系模式可供采用:要么建立一种情感关系,要么修复一种情感关系。有时,这种情感关系就是影片的核心,比如像浪漫喜剧《费城故事》(*The Philadelphia Story*,1940);有时,致力于情感关系的故事

B 是用来支持故事 A（用来追逐目标的主要情节）的，就像《世界末日》（*Armageddon*，1998）。

你的故事有一种关键的情感关系吗？如果没有，那就着手创造一种，或者加强它。情感关系也应该像你的电影一样，有开始、中间、结局。事实上，它应该遵循"七个情节点"范式，也就是你的故事 A 遵循的范式（见第一章）。情感故事的情节点经常与故事 A 的情节点重合，但也不总是这样。它们会比较接近，所以当你根据第四章的内容重新为你的剧本建立结构时，要谨记这一点。现在，只需关注情感故事本身。

▶ 练习：你的电影的核心情感关系是什么？

发展核心情感关系过程中的七个情节点是哪些？（参见第一章"七个情节点"，但是这一次只关注中心情感关系。核心情感关系的情节点应该恰巧与电影的情节点保持一致，至少应该极为接近。）

人物弧光

只要你在好莱坞混过（无论是看过好莱坞电影还是闯荡过真实的好莱坞），你肯定听说过"人物弧光"[①]这个概念。这是一个基本的艺术术语，意思就是"你的人物发生了怎样的变化"。我们之前讨论过，你的人物必须有缺点，而修正这个缺点的旅程就是弧光。它反映了故事中的磨炼和苦难如何作用于人物的性格，换句话说，发生的一切是如何影响你的主人公的？就像《土拨鼠之日》（丹尼·鲁宾［Danny Rubin］编写、哈罗德·拉米斯［Harold Ramis］改写）中，比尔·默里（Bill Murray）所扮演的角色是如何从一个华而不实、自私自利、愤世嫉俗的犬儒主义者，到最后变成一个有同情心的、慈爱的男人，可以真正地绝望、纯粹地快乐。这就是弧光，是人物的性格从 A 到 Z（当然这一路要经过很多站）的过程。顺便说

---

① 人物弧光（The Arc de Character），又译"人物弧"，译法参考罗伯特·麦基：《故事》（*Story*），周铁东译，中国电影出版社2001年版。——编注

一下，我们可以把《土拨鼠之日》租来看看，从完全不同的角度研究同一个人物，他一遍遍地经历同样的事件，但是每次表演都能有不同的效果。

让我们再来看看另外一部现代经典影片《末路狂花》中的塞尔玛（吉娜·戴维斯［Geena Davis］饰演）。我们初识塞尔玛之时，她是一个生活在郊区的家庭主妇，如果她的丈夫不给出主意，她根本没法做出任何决定。塞尔玛完全不能掌控自己的生活。事实上，她就是一个奴隶。对于自己的人生，她也从未抱有任何野心。

然后一步一步地，她开始掌控自己的人生。最初她是跟路易丝（苏珊·萨兰登［Susan Sarandon］饰演）一同上路，然后真的自己做出决定——到公路旁的旅馆找乐子。但是事态变得不受控制，她不知道怎么对待自己，直到故事的中点，她的性意识被 J. D. 解放出来。不知怎的，现在她拥有了把人生掌握在自己手中的力量。在路易丝陷入深深的恐惧时，塞尔玛变成了这个故事的驾驭者，她甚至还涉足了一个全新的职业——便利店劫匪。

最后，她被男性警察包围时，选择死亡以获得自由和自主。这可能是一个悲观的结局，但至少是她自己选择的，最后她成了自己命运的主人。

所以，你的人物改变了吗？他从一个不出风头的懦夫变成一个自信满满的英雄了吗？改变不一定是宏伟的，但必须是显著的。故事 C 的过程也需要有它自己的结构——至少要有开始、中间、结局。我们之前已经讲过，为了在最后的挑战中获胜，你的主人公必须克服他的缺点。所以我们看到人物弧光故事的七个情节点，又一次与中心故事的七个情节点相一致。因此，通读你的剧本，只关注人物，确保人物弧光占据足够的银幕时间，使它成为故事中必不可缺的一部分，而且它的主要情节点必须与目标驱动的故事 A 相一致。

要记的东西太多了。创作过程中可以随时温习这一章。情感故事和人物弧光要与故事 A 紧密地交织在一起，它赋予你的人物以生命的关键要素。

▶练习：紧接着构建人物弧光，写出情感故事的七个情节点，要保证它们之间有所关联。

确保人物成为你心中的理想形象

有一个关键的方法可以让你的剧本从写满文字的110页纸,变成放映机里一万英尺的电影胶片(或者交给电影院的拷贝),那就是让明星对

你的剧本感兴趣。要想达到这个目的,唯一的方法就是写出让明星产生表演冲动的人物。对于不同的明星而言,这可能意味着不同的标准。喜剧专家,例如金·凯瑞,可能想扮演一个严肃的角色,就像《王牌特派员》(The Cable Guy,1996)中的那样;变色龙梅丽尔·斯特里普(Meryl Streep)也许想要一个动作角色,就像在《狂野之河》(The River Wild,1994)中的那样;童星,比如麦考利·卡尔金(Macaulay Culkin),可能想向大家证明自己已经是一个成年人,就像他在《性与早餐》(Sex and Breakfast,2007)中的那样;也许是一个俗气浮夸的角色,就像《尽善尽美》(As Good as It Gets,1997)中的杰克·尼克尔森(Jack Nicholson);或者是《当幸福来敲门》(The Pursuit of Happyness,2006)中威尔·史密斯(Will Smith)那个坦诚、真挚、富有同情心的角色。无论如何,你必须能提供让演员全心投入表演的角色,或者为他们的职业生涯增色、让他们光彩耀目,或者起码让他看起来像个好演员。如何做到这些呢?就是让你

的主人公成为你想要他成为的那样。

▶ 练习：我在课堂上会经常使用下面这张清单，以确保学生们能够充分开发他们的主人公。在改写你的主人公之前，先填完这张清单，相信这会有助于你找到改写的方向。
- 没有优柔寡断、不作为的性格（他们的缺点可以是犹豫不决，但为了达到他们的目标，必须克服自己的缺点）。
- 没有消极的性格（同样的，消极是他们需要克服的缺点，意味着他要采取行动）。你的主人公必须推动动作，动作不能只是碰巧落在他身上。主人公在驱动故事。
- 你的主人公是否被某种激情或者痴迷驱动向前？
- 他是否在寻求什么？
- 人物是不是有他自己的说话方式？
- 没有人是完美无缺的。
- 没有人是毫无特质的。
- 你的主人公必须具有幽默感。
- 你必须知道主人公的环境、工作和家庭。
- 人物成长——他们有改变的欲望。你的人物有吗？
- 人物要证明你的前提。

了解构成人物的三个组成部分，在动作中对它们进行检验。

现在如何？

现在你已经对你的人物有一个透彻的了解，即他是谁，想要什么，在某个特定情境下他将怎么行动以及他是如何改变的。现在，他将面临什么阻碍？

但首先小小地休整一下。写作时间先告一段落，去看一部跟你自己正在写的电影同类型的影片。不要做笔记，就是纯粹地去看，去享受，想象它是你写的。很棒，是吧？

第三章

称职的对手

《哈利·波特与死亡圣器（下）》（*Harry Potter and the Deathly Hallows: Part 2*, 2011）

如果没有阻碍，你的主人公马上就能达到自己的目标。但是，没有冲突，也就没有故事了。（记住故事的定义是什么。）这种情况在真实生活中有可能会发生，但是很少有人能在企及一个目标的途中不遭遇任何困难。困难越多，胜利的果实越甜，讲述的故事也越有趣。

　　同样的道理也适用于电影中的人生。如果没有什么是需要克服的，那么故事也就不存在了。电影还没来得及开始，就已经结束了。所以一定有什么事或者什么人作为主人公的对立面存在，让事情变得困难，让你的主人公达到目标几乎成为不可能完成的任务。不奋斗、不努力就没有故事。困难越大，故事越佳。

　　所以，你的主人公必须有对手。在你的主人公面前设置路障的最直接方法，就是让另外一个人挡住去路。也有一些例外，对于《完美风暴》和《活火熔城》（*Volcano*，1997）来说，有大自然作为对手已经足够了。战争片里，对手就是敌军，有时影片会赋予他们人性，但这种处理方式并不多见。

　　对手是什么？就是与主人公的目标发生冲突的那个人。他可以是商业上的竞争对手、恋爱中的竞争者、罪犯（如果你的主人公是侦探）、侦探（如果你的主人公是罪犯），他可以是任何一个有理由在主人公奔向目标的路上添加阻碍并积极付诸行动的人。

　　主人公的对手是你电影中第二重要的人物。他必须足够强大、称职，因为是他设置了最大的障碍，以阻挠主人公奔向目标。如果他太弱，抗争就不够有力。他必须比主人公更强、更好、更快、更聪明，甚至更英俊（至少在浪漫喜剧中是这样），正因为有这样的对手，才能迫使主人公完善自己、达到目标。他必须成为一个有分量的敌人。如果他不能，电影也就不复存在了。

增加深度

如果你的主人公是人类，那么他必须要具备人的特性，避免平面化和老套。纯粹邪恶的对手太无趣。即使是掌管集中营、终日剿杀同类的人，也可能回到他深爱的妻子、孩子和狗的身边；凶手也可能有一个甜蜜的弱点；业务上的竞争对手也许私下里深藏对音乐的满怀激情，或者对施虐受虐情有独钟：这给人物的性格增加了深度，同时也增强了人物的真实感。据说，即使是希特勒也对他的秘书很友善，而且坊间还流传着他跟他的狗一起玩耍的电影胶片，这些特点让他的邪恶更加令人不寒而栗。

就像你的主人公必须有缺点一样，你的对手也必须有优点，一个让观众可以认同他作为人类的特点。

我也不是说你的对手必须是坏人。在浪漫喜剧中，他不该是坏人。他很有可能是主人公意中人的恋爱对象（看看《锡杯》[Tin Cup, 1996]和《星期五女郎》[His Girl Friday, 1940]）。在体育电影（如《少棒闯天下》[The Bad News Bears, 1976]和《洛奇》[Rocky, 1976]）中，反面人物就是对手，尽管他常常在道德方面稍逊于我们的主人公，但绝对算不上是大恶人。这样说来有点太容易了。是的，我们还必须为对手最终没有取得胜利找个理由，因此他必须有一些不好的品性，但他是一个具有人类欲望和需求的人。

▶练习：你怎么建构一个对手？答案是跟建构主人公的方法一样。所以问问自己，是否和了解主人公一样了解这个对手？在改写剧本中的对手之前，花时间写点角色分析，与当初写主人公的时候一样。如果这个反面角色是自甘堕落的类型，那么这一次，要特别关注那些可以解释他选择邪恶之路的原因，或者找到他理所当然认为"自己为之奋斗的本应属于自己、才应是真理"的想法的原因。注意，要赋予你的主人公的对手以人性的特点，因为没有人是百分之百的恶或百分之百的善。要真实可信，就要让你的主人公的对手像个真实存在的人。

展示主人公的对手

人物就是动作，动作就是人物。通读你的剧本时（着手改写之前应该通读几次），寻找那些可以展示主人公的对手性格的地方；寻找展示他每天如何与人们互动，如何与同伴、家人互动的地方；寻找展示他人性的一面；尤其要寻找能展示他力量和弱点的地方；如果有必要的话，还要找到展示他邪恶的地方。

就跟主人公应该有一个属于自己的声音一样，假如主人公的对手是人类，那么他也应该有一个独特的声音。检查反面角色的对白，看看有没有出现这些问题：他是不是太过头了，已经超出了恶的极限？他说起话来像个真实的人吗？或者他只是个用来推动故事前进的平面形象？

彻底通读这个人物的对白，对比他和主人公的语言，确定他们不是用同一个腔调说话。他们讲话的韵律应该有显著的不同，运用的词汇也要形成对比。总之，他们说话的方式与说什么是一样重要的。

有一个非常精彩的例子可以说明用说话方式塑造出不可小觑的对手的重要性。在编剧杰布·斯图尔特（Jeb Stuart）根据罗德里克·索普（Roderick Thorp）的小说改编的影片《虎胆龙威》（*Die Hard*，1988）中，艾伦·里克曼（Alan Rickman）扮演的反面角色汉斯·格鲁伯的言语展示了他的博学和残忍。千钧一发之际，他模仿一位美国公司高管的说话方式，这充分展示了他的狡诈。汉斯的说话方式成为他性格的一个基本要素，就像蓝领阶层式幽默机智又很实在的说话方式是布鲁斯·威利斯（Bruce Willis）扮演的人物约翰·麦克莱恩的基本要素一样。

然而，汉斯不仅用言语，还用他畏缩怯懦的态度欺骗麦克莱恩。他表现得像个十足的受害者，努力赢得麦克莱恩的信任。最后麦克莱恩给了他一把手枪。他的手中一旦有了枪，所有举止都发生了变化，他又变回了汉斯。当他发现枪没有上膛，此处又发生一次反转，他终究没能骗到麦克莱恩。当汉斯团伙的其他成员冲出电梯时，剧情又再一次反转。

这绝对是个称职的对手：残忍、狡猾、机智，还能自如切换各种语言。得奋力阻止他！

麦克莱恩最后做到了，但是他付出了代价。他赢的十分艰辛，但这个旅程是值得的。

▶练习：用一句话说明主人公的对手的欲望。

第四章
确保每一场戏都充满活力

《王牌特工：特工学院》（*Kingsman: The Secret Service*, 2014）

你的电影里，只允许一种戏剧场景出现：推动故事向前发展并阐释人物的戏。如果一场戏不能满足以上全部原则或其中一个，那么它就不合格，这场戏也就不应该出现在你的剧本里。如果你写的每场戏都通过了这种立见分晓的检验方法，那么要写出一场合理有效的戏，你还需要知道些什么？

就像一个好剧本在结构上有牢固的基础，一场戏也应当如此。一场戏应该有开始、中间、结局，跟剧本一样，也应该有完整的"七个情节点"，当然不用所有情节点都显而易见。好的编剧在一场戏里设置情节点时会尽可能地迟，一旦他们的情节点完成，就尽可能快地离开这场戏。但是不管在镜头里还是在镜头外，这场戏都是作为一个整体发生的。

马克·诺曼和汤姆·斯托帕德编剧的《莎翁情史》是近25年来最好的剧本之一。接近故事中点处的一场戏，即维奥拉乔装打扮成"托马斯"后回到家的这场，完美地演示了"七个情节点"结构。

这场表现"日常生活"的戏开始于一个快速镜头，交代维奥拉正在看莎士比亚写给她的爱的小纸条，而埃塞克斯正在她的房间里咆哮。当她由"托马斯"变回维奥拉走进房间的时候，他们有几句寒暄。

这场戏的"激励事件"是埃塞克斯宣布他与维奥拉的父亲定下了和她订婚的约定。在这个阶段，维奥拉还是这场戏的主人公，但是当她说不希望有这样的婚姻时，形势发生了变化。现在，埃塞克斯成了主角，他为实现自己的目标而来，即声明自己要娶她并希望带她去弗吉尼亚。这是这场戏的"第一幕终点"。

这场戏的"转折点"是埃塞克斯抓住维奥拉并亲吻她，她扇了他一个耳光，让这场戏发生了反转，也改变了埃塞克斯的态度，他从热切和渴望（至少他已经表现得尽可能地渴望了）变得强硬和严苛。

对于维奥拉来说,这场戏的"低点",是埃塞克斯告诉她跟着他到了美洲将会是怎样的情形。

在"最后的挑战"里,埃塞克斯告诉维奥拉,女王和她的父亲都已经赞成他们的婚姻,也就是说维奥拉无路可走了。他战胜了她的抵抗,维奥拉屈服了。

这里没有真正地"回归日常生活",因为这个情节点已经做好了,该继续向前推进了。略过一场戏的第一个情节点和最后一个情节点是很常见的做法,因为通过它们前后的动作,这两个点就能够被理解,它们也不需要被解释。因此,编剧在处理情节点时,要尽可能晚地进入一场戏,尽可能早地离开这场戏。

就像在一部电影里要有障碍和冲突横在主人公面前等待他克服与解决一样,每场戏里也需要一些小矛盾。一场戏开始时,某人会想要得到他想要的,而另外某个人则想阻止他,或者另外这个人想要得到与之相反的东西,然后这场戏就会有斗争。知道一个人(或更多人)想要什么是一场戏的开始;得到想要东西的斗争就是这场戏的中间;一个人或另一个人赢得斗争,就是这场戏的结局。有人会赢,有人会输。即使是一部喜剧也是有人赢、有人输,或者说对于一部喜剧而言尤其如此。

每场戏都需要一个元素,即核心特征,它就是冲突。如果没有冲突,就没有戏剧。

▶ 练习：通读你的节拍表，检查每场戏里的冲突。描述了一场戏之后，准确地写出每场戏的冲突是什么。没有冲突就没有戏剧。有时候你需要把几个节拍划归一组，才能组成一场完整的戏，所以不是每个节拍都有冲突。比如，你把拍摄海滩的建构镜头当作一场戏，但其实它只是一个定场镜头，表现你正位于夏威夷。你要把它和下一拍，或者下几拍组合起来才能构成一场戏，并且要写下这一组节拍的冲突是什么。

"你需要什么"以及"你不需要什么"

假使你已经拥有了一场很棒的戏，它或者趣味盎然，或者激动人心，或者催人泪下，那又如何？如果它不能推动故事向前发展，我们就不需要它。如果我们不需要它，那么也就不能把它放在剧本里。不管这场戏有多出色，我们只允许那些必要的戏剧场景存在于剧本中。不能在去外祖母家的路上顺路旅行，不能在路上停下来闻路边的花香，不能增加去"搞怪商店"或者主题公园的旅程，除非这些对于故事而言是必需的。不够好但能推动故事向前发展的戏是可以修复的，但是好的却不能推动故事前进的戏是无法修补的。它们让你的电影（或者剧本）的节奏减慢，可能会让观众坐立不安或者心生疑虑："这是什么鬼东西？"

▶ 练习：再次（再次！）通读你的节拍表，删去那些不能推动故事向前发展或者揭示人物个性的戏。如果一场戏中没有冲突，那就绞尽脑汁想想应该设置什么冲突。如果一场戏中实在找不到冲突，那就删掉它。狠下心来！

我说的是正经的。

怎么改写一场戏

与写作、拍摄或者其他创作一样，不同作者有不同的方法去描写一场戏。这是好事也是坏事；这意味着简单也意味着困难；这意味着，关于这个问题我会有些想法，但它们不是绝对真理，我会经常改变这些想法，使改写变得更加复杂。但是现在，改写的时候，我还是会给出建议。

我已经说过一场戏应该有开始、中间、结局，而且它要有冲突。现在让我们来讨论冲突的过程，进入和离开一场戏时，我们在冲突情节的什么位置，为什么不一开始就展开冲突。

一场戏里，每个主要人物都有目标，即他想要什么。就如《小妇人》（*Little Women*，1994）、《旧爱新欢一家亲》（*The Perez Family*，1995）、《艺伎回忆录》（*Memoirs of a Geisha*，2005）的编剧罗宾·史威考德（Robin Swicord）说过："我想要——我所做的一切都来源于此。"通常而言，每个人物的需求不同，所以才会产生冲突。我们也要知道一场戏开始时人物的情感如何，态度如何，他的长期目标是什么。始于每个人互相憎恶对方的一场戏和始于欢声笑语的一场戏有天壤之别，如果了解你的人物，你就会知道在一场戏开始时他们的情绪，是高兴、悲伤还是气愤，以及在这场戏中会有什么发生在他们身上。他们的情绪应该在这场戏中一以贯之，除非有理由发生改变（可能变化，也可能不变化）。演员（或者好的演员）会以这种方式审视每一场戏，有意识地寻找作者给予的暗示。

我们也需要知道这场戏的主题和目的。是的，它首先且重要的是推动故事向前发展。但是它也可能会进一步揭示人物，传递信息，提供障碍。你要知道通过这场戏你想要达到什么目的。

演员的视点

已故的电视导演唐·理查森（Don Richardson）曾经说过，演员在阅读一场戏时，他看的是指引他分析这场戏的两个关键元素：一个是感觉，另一个是目的。他们会努力辨认这场戏最初他有怎样的情绪,以及这个情绪是否会在这场戏中持续不变,情绪只有在需要改变时才会变化。演员也会看人物在这场戏中的目标。他的目的是什么?

所以,告诉演员这场戏的目标是什么以及人物对这场戏的态度是什么很重要,我们可以通过对白和对动作的描述来做到这一点。人物产生动作,动作产生冲突,冲突就是戏剧。我们通过人物对冲突的反应,即追求目标过程中对障碍的反应来了解他。

我们如何确定这会发生?通过反作用力来确定,不论它是一个反面角色,还是一个具有相反目标的人或者元素。在编剧奥利弗·斯通(Oliver Stone)的《野战排》(*Platoon*,1986)中,越南人民军不想被俘虏。他们逃跑,从事破坏活动,躲避野战排、辱骂、阻挠他们。当野战排到村子里搜寻越南人民军的时候,最主要的障碍是语言以及越南人民军缺乏合作意愿。每一场戏里要有冲突并不意味着必须有争吵,只是说你必须设置相反的目标。当你设置了相反的目标,就能测试人物的耐力,展示他们究竟是怎样的人。在这场戏里,士兵们怒不可遏地想要交流,想要找到敌人的供给,以至于最后他们将这个村子烧为灰烬。

基本原则很简单:一个人想要获得什么东西,另外一些人不想他得到它。在一场动作戏里,可以演绎成有人想要逃脱,但是其他人不放过他,于是一场恶斗或追逐便上演。有人想要干掉敌人,其他人也就是敌人想要杀回来;有人想要去抢劫银行,其他人想要阻止他;有人想在赛车比赛中获胜,另外一位车手也非常迫切地想赢;有人想要摧毁"死星"(《星球大战》中的Death Star),另外一些人则想要摧毁那些烦人的反抗。你肯定明白了。在完成动作的中途,目标经常会被淡忘,但是冲突——目标的对立面——必须维持动作。

一场单独的动作戏是怎样服务于一整部电影的?中心目标又是如何服务于这场戏的?每场戏都必须推动故事前进,如果它不能推动故事,那么不管它多么有趣、惊悚、恐怖、勇敢,都得被删掉。一场戏必须服务于整个故事,除了007电影的开场动作段落,当然007的开场偶尔也是服务于整部影片的。如果基督山伯爵和监狱看守水下恶斗这场戏不能服务于整个故事，就必须删去。

每一场戏都需要推动故事。所以，核心目标的部分需求必须在一场戏里得到实现。举个例子，在编剧杰·沃尔珀特（Jay Wolpert）根据大仲马的小说改编的影片《新基督山伯爵》(*The Count of Monte Cristo*，2002）中，伯爵必须首先要越狱才能复仇。"水下大战"这场戏的目的是脱逃。他跳下悬崖，狱卒穷追不舍，他的目标还是逃脱，但是更紧迫的目标是拿到钥匙，这样才能摆脱镣铐。一旦完成，他便淹死狱卒，作为最终复仇大计的一部分。现在他自由了，可以再造一个全新的自己，并对诬告者进行复仇。

短期目标服务于长期目标，长期目标则是一场戏存在的原因。

总的来说，一场戏最重要的元素就是推动动作的冲突，而阻挠主人公达到目标的障碍构成了冲突。

现在你的冲突场景从哪里开始？好的，它从故事的开头开始。不，它有一个起点，但是它没必要从开头开始。事实上，应该尽可能晚地进入一场戏，一旦有了结局就尽可能早地结束，没必要非要在这场戏的结尾处结束。这话是什么意思？让我们以"家庭争端"为例，譬如，罗密欧与朱丽叶没有因为毒药的误会而先后殉情，假如他们活了下来。罗密欧找了份毫无前途的工作——在超市打包。朱丽叶给孩子喂奶，肚子里又怀着一个。罗密欧被生产部经理训斥了，很不开心。

因为晚饭没有做好，两人吵了起来。我们从哪里开始表现这对夫妻的争吵？（其实争吵的实质已经变了，罗密欧已经成为一个为钱财做奴隶的打工仔，而朱丽叶则成为每日无人诉苦的怨妇。）这一场戏的冲突可以开始于罗密欧摔上门走进令他们窒息的单人床卧室，他们住在北好莱坞，那里炎热得像没有空调的洞穴；也可以开始于他看见朱丽叶躺在沙发上，用电视遥控器来回播放频道；或者可以开始于罗密欧坐到餐桌旁（不是坐下来吃饭），开始用拳头捶打桌子。所以事实上，好的起点取决于你脑子里考虑的终点。我投票给"罗密欧用拳头擂在餐桌上"来开始这一冲突场景，但是并没有明确的规定要从哪里开始产生冲突，一切都取决于你想要表达什么。

我们又在何处结束这段因为少年一时情动而缔结的"幸福家庭"的残酷真相呢？如果冲突开始于门被重重地摔上，那么我们可以把它结束在罗密欧用拳头捶打桌子；如果开始于他的拳头捶打桌子，那么可以结束在罗密欧将意大利面（又是意大利面）的盘子摔到地上，或者打了朱丽叶一拳，或者大步蹚出门外。这一切由你决定，它取决于你想要对罗密欧和朱丽叶的关系表达什么，取决于这个冲突场景在影片中所处的位置，取决于他们的情感关系是怎样的，也取决于你从哪里展开这场戏。我会选择在罗密欧离开家之前结束这场戏，因为我们已经看到了这些，知道他准备做什么。但这只是我的选择，我喜欢在电影里简略一些。

▶ 练习：再一次检查节拍表，这一次注意这场戏中的主人公（可以是任何人，不必非得是整部电影的主角）想要什么，他在这场戏的起点是什么情绪，这场戏的目的是什么。

如果说得还不够清楚，让我再一次强调，新手编剧和许多有经验的编剧在一场戏中常常漏掉"冲突"这一元素，没有冲突就没有戏剧性，没有戏剧性（即使在一部喜剧中）就没有故事。没有冲突，也就没有运动，没有变化。因此，冲突是一场戏的关键元素。

段　落

有时，从主要段落出发构想一部电影会更容易。段落是一组连贯的、具有相同目标的戏。它们可能发生在不同时间段内，可能发生在不同的地点，但是它们有一个统一的主题。当然，它们也有电影化的结构，也就是说，它们也有"七个情节点"结构。

段落常见于重要的情节点。举个例子，《末路狂花》中有一处段落很好地组成了激励事件，还有一处是在故事的中点处。如果你有几年没看过这部电影了，把它租来仔细观摩一遍。它是一部结构上等的电影。举个例子，尽管这部电影的中点段落交叉进行着路易丝和她男朋友的故事，但影

第四章　确保每一场戏都充满活力　53

片的关注点却锁定在塞尔玛于故事中点处的变化。

这个段落的"日常生活"是路易丝把男朋友吉米带给她的钱给了塞尔玛。

这个段落的"激励事件"是J.D.来到塞尔玛的门前，浑身湿漉漉的，极具诱惑力。塞尔玛让他进了门。她的人生改变了。塞尔玛从十四岁开始就跟了达里尔，他们一直在一起，他是她唯一了解的男人。现在，因为跟J.D.的性爱，她终于了解更多。

这个段落"第一幕的终点"是J.D.拿走了塞尔玛的结婚戒指，把它扔进一个玻璃杯里。眼下，他是这一段落的主人公，他驱动着动作，有自己的打算。

这个段落的"中点"是酒后乱性的塞尔玛第二天早上出现在咖啡店，有点头疼，晕晕乎乎的，直到路易丝问她钱在哪里。

"低点"是她们发现J.D.偷了她们的钱。现在故事派生出一个新的

方向，因为这是中点的低点。（迷糊了，是吗？）塞尔玛想说："没关系。"但是路易丝说："有关系。一切都糟透了。"

此段落"最后的挑战"是塞尔玛开始掌控大局，她让路易丝收拾行装上车。

此段落的"回归日常生活"是她们开着车离开，继续路上的人生。

▶练习：现在，再一次检查你的节拍表。（看看它们是不是近在手边？）将每场戏整合进有意义的段落中。有一些戏剧场景经过重新排列可能会更加井然有序，但不是所有戏剧场景都能被纳入段落。没关系。现在该改写你的戏了，牢记目前为止你所学到的内容：一场戏必须有目的；它必须有主角和对手；必须有冲突；尽管它可能开始得晚，结束得早，但它必须是"七个情节点"结构，也可能是有"七个情节点"结构的段落的一部分。

在这个阶段，你可以先完成这个练习，或者也可以在我们讨论完描述和对白之后再做练习。要是我，现在就做。

第五章
写出精彩的描述性段落

《超时空接触》（Contact, 1997）

作者必须要面对一个基本矛盾。你的读者中可能会有人来自制片厂或者制作公司，他可能不是制片人，但他是第一个读你剧本的人，你必须要给这个人留下深刻的印象。（这一读者可能是执行总管、经理人，或者是制片人雇佣的评估师，他会负责阅读剧本和写报告，这份报告包括分析、摘要和建议。他是第一个有权力对你的作品说"不"的人。他常这么干，因为说"不"是最安全的事。）我们知道电影就是在银幕上看到的一切，所以你应该了解剧本中描述性段落的重要性。它们确实非常重要，但是读者经常会忽略它们而直接看对白，因为读者认为人物是被对白塑造出来的。这有时的确是正确的，而且相较于描述性文字，读对白会更容易，但是对白写起来却更困难。

所以这是否意味着不应该重视描述性文字？不。是不是意味着你不应该把它写得视觉化？不，恰恰相反，你应该尽最大努力让读者看到电影。要想拿到报酬支票，描述性段落就得这样写。

在改写剧本中所有的描述性文字之前，我们先说说剧本的页面看上去应该是什么样的，以及为什么要按照这样的形式去写。

首先，你要同情那些剧本的审读者们。他们一般每天都要看两三个剧本，眼睛都看花了。他们需要空白让自己放松。如果你的剧本能减轻他们的视觉疲劳，他们会下意识更乐于看你的剧本。所以如果你想让他们工作得更轻松一点，就给他们更多空白。

但是，有过多空白的剧本肯定也卖不出好价钱来。然而，如果你的读者不得不像老牛垦地般艰难地阅读你那密集、冗长的段落，他也一定会兴味索然。所以，你应该让段落尽可能短小而简洁。曾写过《超时空接触》、《小飞侠》（Peter Pan，2003）、"哈利·波特"系列电影第五集《哈利·波特与凤凰社》（Harry Potter and the Order of the Phoenix，2007）剧本的编剧迈克尔·戈登堡（Michael Goldenberg）说过，要让你的描述"有效率而又富有煽动性"。《壮志凌云》（*Top Gun*，1986）、《法网神鹰》（*Legal Eagles*，1986）、《至尊神探》（*Dick Tracy*，1990）的联合编剧之一小杰克·埃普斯（Jack Epps Jr.）则强烈呼吁作者们在写作时尽可能分成小的段落，并且用动词代替名词。

从未有人因描述性文字写得太少而被责备。剧本是简练的，总是充满具有强调性动词的短句，这些动词要用现在时态。

> 康纳拖着自己的身体来到床边。倒下。检查胳膊。血从他的手腕喷出。他用另一只手压在伤口上。差点昏倒。

上面都是陈述式短句，片段式的，有很多动词。但是这场戏非常清晰，是吧？你可以看到它描述的画面，对吧？你不必知道床是哪种床，甚至不必知道康纳是什么模样。你看见的是动作，这才是真正重要的。剩下的部分让化妆师、布景设计、艺术指导、服装设计、摄影指导和导演去完成吧，各司其职，他们的活儿留给他们干。你的工作就是让他们看到这部电影，看到动作，然后继续向前。

但是你的十年级英文老师思罗尔女士关于碎片化写作（更别提用连词开始一个句子）是怎么说的来着？虽然我尊重她以及她教给我的一切，但是我才不管她会说什么，这是剧本写作，不是写作《白鲸记》（*Moby Dick*，1851）的文学批评分析。你不必遵循英文的惯例用法，但是你必须运用文字，让人们因你的故事感到兴奋。所以随它什么方法，管用就行。

另一方面，你又不能像根本不懂得如何使用现代英语惯例那样去写作。为了打破规则，你必须知道规则。所以你必须正确保持主谓语关系一致，弄清楚"你的、你是"（your/you're）、"他们的、那里、他们是"（their/there/they're）之间的区别，类似这样容易混淆的词汇还有像"躺下"和"撒谎"（lay/lie）。如果你搞不清楚，就去查字典，然后记得牢一点。这其中也包括拼写和标点符号，尽管你可以灵活掌握标点符号的规则，但是你不希望读者因为不该出现的语法错误而对整个剧本做出错误的判断吧？故意错用是一码事，因为怠惰无知而犯错又是另一码事。

读者如何知道这两者之间的区别呢？相信我，他能辨别出来，就像你可以凭借画面里出现录音麦克风这样的穿帮镜头辨认出电影作品的粗制滥造（除非是在"伪纪录片"①中故意为之）一样。

利用潜台词强调含义

潜台词是掩藏在言语和动作之下的意思。言语和动作可以有很明显的含义，这么做可以更好地讲述故事。但是它们的含义也可以隐藏在文本之下，不直接道明，这同样可以服务于故事。我们为什么关心潜台词？因为任何可以让电影变得更加丰富，赋予它更多的深度、纹理、复杂性的东西，都是好东西。它能够在不止一个层面触及你的读者、观众，让他们对你努力要传达的东西产生更深层的理解，尤其是通过动作去达到这一目标。

让我们看看《杀死一只知更鸟》的潜台词。主人公处理有狂犬病的狗这一场戏，就是运用身体动作作为潜台词的上佳范例。我们知道阿提库斯是个和事佬、调停者，然而当警官给了他一把来复枪，让他射杀那只疯狗的时候，我们也很惊讶地知晓了他是一名好枪手，甚至连他的孩子们都惊呼他居然是"小镇上最好的枪手"。对于这场戏我们应该如何理解？既然它无关于主要动作，我们为什么需要这场戏？

它告诉我们，阿提库斯是自己选择成为一个和平调停者的。如果他想，他完全有能力保卫自己和孩子们，他选择通过言辞来做而不是通过子弹。这正好呼应之后在监狱台阶上面对暴徒的那场戏。他本可以带支枪来（我们认为他有枪），但是他带来的只有言语。就像他告诫斯考特不管任何人说什么都不要打架，无论是被言语攻击还是被人吐唾沫，他都决不屈

---

① "伪纪录片"（mockumentary），也就是"mock"和"documentary"的结合，它常被归类为一种纪录片或电视节目类型，通常带有喜剧的嬉闹性，但也有非常严肃的伪纪录片。虽然它和纪录片一样都表现真实的生活，但实际上却是虚构的，运用讽刺或仿拟的方式来分析社会上的大事件或问题，以及纪录片里的核心命题"真实"的概念。——译注

从于暴力或者愤怒。这些潜台词更深刻、丰富地塑造了人物性格。

当然，在这里，文本之下的潜台词还包括他可以有不同的选择，我们甚至可以做出推论他在军队里呆过。这又创造出一种张力——当孩子们身处险境的时候，他会不会运用他的技能？

一个段落要多长？

要尽可能地短。

要像一个词语那样短。或者两个词语。或者就像一句话。要不惜一切赋予你的话语"后坐力"，一种冲击力。出手要快，你可以忽视思罗尔太太教给你的知识（我能看见她在坟墓里长眠），这里一个主句不需要几个句子来支持它，你需要的就是动作。"拇指原则"，就是可以让段落保持在四行之内。如果你需要更长的段落的话，就把段落打散，分解成镜头，将这场戏视觉化。想一想，导演会怎样分解镜头？简要地描述每个镜头，然后推进故事。

这就是视觉化地讲故事。

这就是剧本里真正有效的做法。

读下面这段剧本选段，它摘自一部儿童片，看看你是否能把一个个镜头视觉化。

淡入

外景，足球场，日

足球从一个十三岁大的守门员的头顶飞过，进网。

卡洛斯

进球啦——

然后……

卡洛斯·兰德尔，11岁，蓬松散乱的黑色直发，穿着宽大的足球服。他没在足球场上，而是跟其他队员站在一起，他们个子都比他大，大喊着即兴台词，鼓励他们刚刚得分的队员。

　　成群的观众在看球欢呼，他们当中有阿曼达——卡洛斯的妈妈，30多岁，深色凹陷的眼睛能看到一些伤痛。

　　卡洛斯的队友和对手们回到他们场上的位置。喧闹平息，卡洛斯和其他几个男孩在替补席上再次坐了下来。教练，秃头、矮胖，但是肌肉结实，他用手做了一个暂停的手势……

教练

暂停！

哨声响起，比赛停止。

教练

陈和威廉斯，上，换下查尔斯和斯坦。
快快快……

两个孩子跑上场，跑向他们的队员……

卡洛斯

教练！我呢？我准备好了。

教练

我知道。卡洛斯。等等。快了。

当两个孩子小跑下场来到长凳前，坐在他的旁边，卡洛斯转过脸，失望的表情。

其他规则

　　剧本通常采用现在时态，给人一种即时感。它就在此时此刻发生，它就在银幕上发生。

　　这也意味着你只能写出在银幕上能看到的。你不能写人物的历史（背景故事），因为观众（与读者截然不同）在银幕上看不到这些；不能写内心想法；不能写那些无法演绎出来的情绪；不能写计划或者内心隐藏的欲望。你只能写那些观众会看到的。这意味着你必须找到一种方法,它能够通过动作和对白表达你想说的一切。

▶练习:检查剧本中的描述性段落,看看能否去掉所有副词,以及尽可能多地去掉形容词和名词。缩短你的句子和段落。

他们曾用过的方法

在默片的全盛时期,通过银幕传达想法的唯一办法就是直接展示。当然了,有字幕卡片,但是故事是由动作和影像推进的。演员形成了不需要运用语言就能表达情绪的风格。随着声音的加入,电影表演变得更加微妙。面部表情的微小变化会引出一个词语、一句对白,或者这种变化由一个词语、一句对白引发。

现在,即使有完全自然主义的声音和灯光,讲述故事的最有效方法依然是动作和影像。它们是世界性的,进入到国外市场后,不会遗失在语言的翻译中。

当然,如果你想要观众知道一些信息,把它直接写在对白里更加有效。但是,没有什么事情比干坐着五分钟看演员动嘴皮子更无聊乏味的了,尤其是这些内容完全可以用简单的影像来呈现。哪种方法对传递信息更有效果?是展现"死星"在宇宙中旋转的画面,还是天行者卢克说"看,这是一个巨大的人造星球,它看起来如此刀枪不入"?

好吧,这还算简单。但如何展示一个人物的背景或者想法呢?有时你可能不得不借助对白,但是如果坚持不这样做的话效果可能会更好。如果你想要告诉我们人物是在农场长大的,该怎样做呢?试试描写穿旧的牛仔靴、人物走路的方式,或许只是描写他的嘴里总嚼着些什么。如果想展示他的愤怒,该怎么做?比如可以让他在很不恰当的地方吐出一口咀嚼物。如果想让我们知道他今天打算参加竞技比赛,怎么做?可以让他拿着一条套索练习。

都很简单,我承认。我仔细地选择了我的例子,你也要注意让人物的行为来讲述故事。你的描述一定要让演员能够表演出来。是的,你可以说他很愤怒,因为他可以表演出愤怒,但是对于读者来说,更有效的方法也许是让他冲进牧场工作人员的房间,掀倒一张双人床,把它踢成碎片。

演员几乎能表演出任何情绪,如果你还给了演员一些动作来帮助他表演,这种情绪就更不在话下了。演员要表演想法和计划会难一些,所以要找出一些方法外化它们,将它们具体化,或者通过对白把它们讲出来。建构模型、展开计划、勘测土地(不一定非要做这个,就是说要检查点什么),甚至只是捡起一本旅游手册,都可以讲述很多事。也许不是所有事,但是很多。所以,要让你的演员们做事,而不是说话。

▶练习:找到一场对白很密集的戏,努力将它修改成只用动作和描述来表现。我说了是努力,也许根本不可能。但是在做过这个练习的五十多个班级里,它催生了许多只依靠影像和动作就能传达信息的优秀场景。

当你完成了这场戏,通读整部电影剧本,把这一章学到的东西运用到描述性段落中。让它们变短一点,有力一些,运用更多动词。无论何时,都尽可能用它们替换对白,这样你的页面就不会显得太密集。

第六章

主角身边的配角

《指环王 3：王者无敌》（*The Lord of the Rings：The Return of the King*，2003）

让我们来讨论一下配角。如果你的故事只有一个主角和他的对手,它会相当单薄。在战斗中,他们需要朋友、同事、盟友。正如古老的谚语所说:近朱者赤。电影里也是如此。了解中心人物的方法之一,就是看看环绕在他身边的人是什么样子。所以,你的配角是否已经尽最大可能地支撑主角和故事?

看看《绿野仙踪》,它就是一部不折不扣的编剧教科书。配角们不仅帮助多萝西找到回家之路,他们每个人也代表了多萝西的部分个性,就像克里斯·沃格勒在他那本杰作《作家之旅》中指出的那样。他们分别代表了多萝西性格中需要发展和完善的部分:胆小的狮子帮助多萝西直面困难原本的模样,而不是逃离它们(这也是他必须学习的一件事);铁皮人强调多萝西要对别人富有同情心;稻草人代表她需要运用自己的智慧,而不是依靠她的舅舅、舅妈帮助自己摆脱困境;甚至好心女巫也代表了多萝西性格中的某些东西——她与生俱来的善良,以及对家园和家人的爱。多萝西只需要一点提醒：没有哪儿能像家一样。

这些角色中，每一个个体都拥有自己的人物弧光，每一个都通过他们所做的和所说的一切向我们展示他自己，都希望被人承认他那引以为豪的特性，也都展示了这种特性，并且在最后接受了巫师的奖品来证明他们确实拥有这项特质。当多萝西来到巫师面前，她已经证明了这三项特质都为她所有。

在编剧弗兰克·达拉邦特（Frank Darabont）根据斯蒂芬·金（Stephen King）的小说改编的影片《绿里奇迹》（*The Green Mile*，1999）中，许多配角都与保罗（汤姆·汉克斯［Tom Hanks］饰演）形成了反差，这正凸显了保罗的人物性格：正直、受人尊敬，但却有一点单调。在电影的一处段落中，我们见识了各种各样的行为和对白，这些建构起保罗这个人物，展示了他虽然负责监管囚犯的入狱和处决，却是一个富有同情心的人。他身边都是一些很有趣的人，观众自然也觉得这部电影很有趣。

在拍摄脚本的第33场戏附近，迈克尔·杰特（Michael Jeter）扮演的模范囚犯图特开始预演为一个印第安原住民执行即将来临的死刑。只通过寥寥几句话我们就了解了这个人物，"坐下，坐下，现在彩排。所有人坐好！"这表明，他跟看守相处得非常和睦，居然敢大不敬地模仿他；他说话总是重复，这告诉我们他也许脑子少根弦，缺乏基本常识；在一片肃穆沉重的氛围中，他却让我们大笑。最后，他给保罗一次机会指出这一点，就如第51场戏结束时他做的那样（谈论怎样在教堂努力忍住不笑）。所以相比之下，保罗是一个充满同情心并对人性尊严保有敬意的严肃的人。

在这处段落中，编剧达拉邦特通过珀西（唐·哈奇森［Don Hutchison］饰演）得知海绵变湿了这一场戏进一步塑造了珀西的恶。之后，珀西残忍的行为（不要混同于角色大卫·摩斯那可敬的残酷）也进一步强化了保罗与生俱来的善良。我们怀疑了珀西一段时间，从之前那一场戏猜测他的恶将以怎样的形式表现出来。我们很快就知道，如果珀西是恶，那么保罗就是善。

彩排的最后一个部分，保罗通过转动眼珠和选择对出现的老鼠视而不见这两个动作，表现了他对图特的同情和包容。而在之前的段落里，当老鼠从珀西的圈套中逃脱，珀西的行为就与保罗的行为形成了鲜明的对照。

保罗是一个坚决而善良的人。我们是怎么知道的？是通过他对这些配角的反应，以及配角与他形成的鲜明的对比。

所以你的配角在支撑主角吗，还是说，他们只是你主角的回音壁？他们有形成反差吗？他们是你主人公性格中的一面吗，就像《绿野仙踪》中的配角那样帮助多萝西成长，变成她需要成为的那种人？

▶练习：确保每个配角都有目的，你知道是什么目的。将每个配角的重要程度（不需要把"警官2"这样的龙套人物也写上）和他在剧本中的目的列个表格。如果你不知道一个配角为什么出现，那就删掉他，或者用另外某个有目标的配角替换他。

发展他们的性格

现在你已经有了需要的所有配角，但是他们只是像电线杆子一样戳在那里，坚持站在自己的岗位上而毫无特别之处。好吧，也许有一两点是特别的，但你怎么让他们引人注目？怎么将你的配角与主角生活中来来往往的人区别开？

有简单的方法吗？可以给他们一个怪癖，比如不太寻常的着装要求，比如他们的言语（或者他们怎么说话，或者他们说的是什么），甚至他们的手势，这可以让你用精炼的字眼给人物画像，同时还能让他们具有你想要的外貌效果，并且让你的配角激发主角采取行动。看看编剧小丹尼尔·皮特里（Daniel Petrie Jr.）根据他与达尼洛·巴赫（Danilo Bach）的故事改编的影片《比佛利山超级警探》（*Beverly Hills Cop*，1984），我还记得精品店咖啡师瑟奇（布朗森·平肖［Bronson Pinchot］饰演），因为他的口音、对白和癖好都很特殊。他只是一个小角色，在这场戏里只是作为埃迪·墨菲的陪衬，但是他从人群中脱颖而出。一个角色提高了一部电影的喜剧效果，这往往是一件好事。（如果是有意为之。）

那么，配角怎样成为更加重要的角色？想想《末路狂花》中布拉德·皮特扮演的那个突破性角色 J. D.。J. D. 引人注目，是因为他的牛仔帽、衣服和他的六个背包，更不必说他那缓慢的、极具诱惑力拉长调子说话的方式。一旦我们知道了他脑子里在想什么，他的动机是什么，我们就立刻被这个角色吸引了。这部电影展示了他的不同面貌，每一个都产生了作用。他对解放塞尔玛的性意识很有必要，他教给她关于拦路抢劫的技巧简直就是中点之后塞尔玛戏剧动作升级的"岗前培训"。他的作用很重要，主人公的性格因之而得到发展，故事也由此受益。他改变了吗？也许没有。这一角色不一定非要改变。

不是所有配角都必须要有人物弧光。好电影中，很多配角都是有人物弧光的。动作电影中，配角很少有人物弧光，这没关系，因为有时甚至连主人公也很少发生变化。（这么多年邦德不还是邦德？好吧，新邦德更加脆弱，但他马上就能恢复原样。）

还有一个非常重要的配角，就是乔治·卢卡斯编剧的影片《星球大战》中的汉·索罗（Han Solo）。他是一个老到冷硬的太空骑师，参与的目的就是为了钱。但是莉亚公主告诉他，如果他只是为了钱，那么最终得到的也只有钱。因此，影片的过程中，我们看到他慢慢地发生了改变，从一个唯利是图的雇佣兵变成了一位英雄的导师。

所以，你需要做些安排，确保你的配角不仅仅是报到点卯，而是让人眼前一亮。是的，电影是关于主角的斗争，但是它也关乎主角所在的世界，以及这个世界里的人。因此，让配角服务于故事的同时，也要让他们引人注目。

▶练习：通读你的故事，确认最重要的配角是谁。给他们一些怪癖以丰富他们的银幕表现，让他们引人注目。最好让这个怪癖与你的主角或者对手的性格或职责有关。

第七章

删　减

《时空恋旅人》（*About Time*，2013）

基于二十多年的专业经验，我敢打包票，剧本审读者（可以是读者、开发部执行总管、经纪人、制片人、工作室负责人）拿到你的剧本会做的第二件事，是用拇指迅速地翻到剧本最后，看它到底有多少页。当然第一件事是读片名和名字，也许是你经纪人的名字和联系方式。但对剧本审读者来说最重要的事还是剧本的长度。

什么？长度超过质量？你真的要告诉我你会根据剧本的长度作出判断吗？不完全是这样。我先介绍一下审读剧本的工作流程。审读者每天读两到三个剧本，长的剧本会花掉一整天时间，或者在一天快要结束时读完，或者拖到第二天。更糟糕的情况是，太长的剧本可能会在第二天快结束的时候才能读完，或者拖到第三天。你愿不愿意这么做？

开发部主管、制片人和制作总监知道观众会花九十分钟到两小时坐在电影院里观看一部影片，发行商和影院喜欢这样长度的电影，因为比起那些三小时长的电影，它们可以被安排更多的场次。更多的场次，也就意味着更多的收入。所以他们会优先阅读哪些剧本？是100页的，还是150页的？是的，我知道，《绿里奇迹》有185页。但你不是弗兰克·达拉邦特，我也不是。剧本审读人员会看页数进行判断的。

另外，剧本审读人员阅读剧本的态度也会不由自主地受到页数的影响。你想要他们渴望阅读你的剧本，而不是望而生畏。所以，理想状态下，你应该把剧本控制在120页之内，最好是接近110页。还有一些类型电影甚至应该更短一些，比如我写的儿童片就需要控制在80页以内。一个好的喜剧剧本应该是95页，而史诗片可能就要长一点，但除非你是奥利弗·斯通，否则我建议你最好还是短一点。如果你发现自己的剧本超过了120页，就该严肃地思考如何让它变短的问题了。事实上，我从未读过长度不能缩减百分之十的剧本初稿。尽管你已经完成了磨光和塑形，钻石明亮，所有面都在闪光，你仍然可以削减一些边角或者面。（我用的是暗喻。）

缩减页数的第一步

删去所有碳水化合物。哦，不，对不起，这是结束了第一稿的写作后你必须要进行的减肥，因为连续几个月被拘禁在电脑前，你的体重已经增长太多了。关于缩减剧本的页数，你需要做的第一件事，就是回到你的节拍表，仔细查看节拍。每个单独节拍都能推动故事向前发展或者揭示主人公的关键信息吗？最好每个节拍都能两者兼具。如果不是这样，就努力把几场戏合并。如果一场戏中这两个作用一个都达不到，那就删去它。要狠点心。如果不能确定，就先把这场戏拿出去一会儿，将它暂时排除在外，通读它之前和之后的内容。你失去什么信息了吗？这个故事还讲得通吗？如果只要花一点额外功夫就能把它之前或者之后的戏弄清楚，那就删掉它；如果没了这场戏你的电影根本进行不下去，那就把它保留下来。

迈克尔·戈登堡说过："删减是你拥有的最有力工具。"那就善用这个工具吧。

▶练习：通过合并、调整或者完全删去的方法，缩减掉你电影里百分之十的戏。

删　戏

删减的工作越来越血腥了，马上就要砍到骨头了，所以先来个深呼吸吧。经过缩减了百分之十的浴血杀伐之后，幸存的就是对你的电影故事来说必不可少的戏剧场景了。好的，现在让我们把每场戏都砍掉百分之十。怎么做呢？还记得我们讨论结构的时候曾经说过"尽可能晚进入一场戏，而一旦达到该场戏的目的则要尽可能早地离开"吗？你可以进入得再晚一点，离开得再早一点。

首先，有时不太必要在一场戏里展示日常生活，特别是如果我们曾经看到过这个部分或者已经认识了戏里的人,因为我们已经知道他们的日常生活是什么样子。所以只要不引起困惑(或混乱),你就可以从西班牙人称之为"爆点"(detonante)的地方开始进入一场戏。"爆点",我们称之为激励事件,它引发一场戏的动作并且推进故事,让一场戏的主人公开始追求自己的目标。

某些情况下,你甚至可以删减到激励事件,只要我们能通过之前一场戏的信息推断出这里需要的是什么,以及主人公的动机是什么。

在一场戏推进的过程中,你可以砍掉描述,尤其是关于房间布置、户外植物或者其他妨碍动作向前推进的段落。还可以删掉任何有关摄影机机位的描述,因为这不是由你决定的事,它只会阻碍阅读剧本。让导演做这份工作吧,你的工作是能够让读者将这个故事视觉化,而不是将之拆解成一个个单独的镜头。

当你接近一场戏的结尾并已经完成了这场戏的目标,就要作出决定,把它之后所有冗余的部分都去掉,这也许意味着你要删去这场戏末尾处对"回归日常生活"的描述。有时,如果我们已经了解了人物信息,或者即将在下一场戏里看到故事的进展,我们可能会预料到结果,那么甚至可以删去这场戏中"最后的挑战"。

譬如,你已经对成龙扮演的温顺谦和的角色建立了一定的认知,即他会在自己能力范围内尽量做到不与人争斗,除非有人挑衅并对他的母亲大人出言不逊。让我们来说说这场挑衅的戏之后将会发生什么,我们真的需要看这场打斗吗?答案是"是,也不是"。这是一部成龙的电影,所以当然了,打斗就是一切。但是,如果是一个不那么出色的演员扮演这个角色,这也不是一部功夫片,那么从"挑战"之后的戏都可以删去,直接跳到下一场戏,即主人公扛着一把其他角色刚刚炫耀过的枪走过街道。我们能看懂是怎么回事。

▶ 练习:从剧本中摘出你认为已经很紧凑的十页,在它的基础上再删去一页。你可以用能想到的任何手段,反正要把它删到九页。

你看,没什么是不可能的。

删减对白

怎么删去对白而不删减对于故事而言很重要的信息？首先，你必须要确定真的需要将信息塞进对白里，也许通过动作表达一场戏的信息会更有效，因为动作比对白更迅速。电影也被称为"运动的影像"，与完全依赖对白相比，如果只用运动的影像就可以推动故事向前发展，那么它一定会给观众留下更深刻的印象。如果能通过身体特征或者人物做的某件事来表现他，那肯定比用对白来告诉我们会更好。

接下来，如果你已经把能改成动作的对白都进行了修改，那所有保留下来的戏剧场景都是必要的了吗？你会经常发现，主人公开始说话之前会"清清嗓子"。有时它会成为人物的特征，但大多数时候并非如此，而是在浪费读者的时间，就像"嗨，你好吗"的问好，或者像挂电话之前那句"再见"一样。既然它们是浪费时间，那么也就不是真正必要的，自然应该被删去。

接下来你需要确保对白中每一个字对于人物而言都是真实可信的。他真的会说这些话，这些词儿？一个街头暴徒会把他的对手称为"没出息的"？你一定要确保为笔下人物写的对白能传达这个人物。这意味着我们不仅通过他所说的话得到信息，也能通过他说话的方式知道一些。举个例子，"忙坏了"和"比单手贴墙纸的工人还忙"①这两个句子之间有什么不同？

还有最后一个问题。别的角色也会说这样的话吗？如果是，那么这句话可能与这个人物的性格不太相符。这意味着，要么你再改变一下这句话的说话方式以适合这个人物，要么就把这句话分配给另外一个角色。

还有一些对白是没有必要的，因为你已经用别的方法告诉审读者或者观众这些信息了。通常而言，你会让一个人物告诉另外一个人物一些他不知道的事，但是因为读者在之前就已经读过了，所以他已经知道了这则信

---

① 贴墙纸的工人都是用两只手一起工作，"one-armed paper hanger"从字面上理解就是指那些用一只手干活的贴墙纸工人。现在，人们抱怨自己被工作压得透不过气来的时候就会用"as busy as a one-armed paper hanger"这个短语形容工作繁忙。——译注

息,这种情况下更要狠狠地删减这场戏。有时你会在描述性段落中描写人物要在对白中说的话,所以对白或描述必须删减一个,更好的选择是删减对白。

▶练习:读下面这段剧本节选。通过删去无用的、重复的或者与人物不相符的对白,将它从二十页缩减到十二页。砍掉不必要的或者不能推动动作的描述性对白。心狠一点,这场戏绝对需要你的帮助!

> 淡入
> 内景,罗密欧、朱丽叶的公寓,夜
>
> 　　我们可以听到婴孩号哭着想要他的晚餐,也可以听到闷哼、吱嘎声、呻吟声、两人做爱的重重呼吸声。摄影机在卧室里巡回,随着它缓慢地推进,可以看见到处都散落的衣服,报纸和杂志摞成一堆,上面又摞着一堆脏盘子。电视在角落里。窗户上印着婴儿的手印。地上一片狼藉。
> 　　我们跟随呻吟声和喘息声来到一间卧室,看到了朱丽叶,19岁,有着漂亮的黑色长发,迎接着文森特,21岁。他们很享受,但是朱丽叶很担心,她害怕罗密欧很快就会回到家里,因此想要文森特尽快离开。她全力投入,想尽快结束。
>
> 朱丽叶
> 哦,哦,快,杰维,快点,宝贝。
>
> 文森特
> (重重地呼吸,他以为她真的喜欢他。)
> 朱丽叶,朱丽叶,我……我……我爱你。
> 我要……我就要……
>
> 响亮的敲门声。
> 文森特突然停下。他看向门。
>
> 文森特
> 谁在外面?

罗密欧
（画外）
朱丽叶！快点。开门，我饿了。

朱丽叶
哦，不，是我丈夫！快！你快走。

文森特
我就快完事了。

她把他推开，跳下床，一边说话一边快速穿上衣服。文森特只是坐在那里，努力搞清楚发生了什么事。朱丽叶告诉他赶紧走。

朱丽叶
你已经完事了。如果你不赶紧离开这儿，我们俩就都也完了。快点，穿衣服。你从窗户爬出去，我拖住他。

文森特
什么？宝贝，这是二楼，难道我是超人吗？

朱丽叶
几分钟前你还说你是。

文森特
那就像……就像我的感觉。就像我说的，我的意思是，你让我感觉自己像超人。为什么你不能再陪我一会儿？

朱丽叶
因为罗密欧会发火，餐桌上没有晚餐，小罗密欧又在哭。

文森特
为什么不让我去跟他谈谈看能不能……

朱丽叶

你疯了吗？现在快走，从防火梯下去。

快点，他就要冲进来了！

文森特

好吧，既然你这么担心，我这就走。

他站起来想拥抱她，但是她已经穿着整齐，走到门厅，把身后的门关上了。

内景，罗密欧、朱丽叶的公寓，夜

敲门声在继续，朱丽叶走过一片狼藉的客厅。她来到门前，门上拴着门链和插销。

朱丽叶

是谁？

罗密欧

（画外，透过门说道）

朱丽叶，你他妈觉得是谁？是你丈夫回家吃饭，最好味道不错。快把这该死的门打开。你怎么回事？

她打开门锁，摘下门链。罗密欧，20岁，怒气冲冲地进门。他穿着黑色裤子，白色衬衫，系着一条松松垮垮的领带，还围着一条绿色的围裙。他的衬衫上有个胸牌，写着"我是罗密欧，有关产品的问题尽管问我"。

罗密欧

哎呀，简直跟猪圈一样。你整天都在干什么？

（听到小罗密欧在哭）

孩子怎么了？这到底是怎么回事？你为什么锁上门？

朱丽叶

这里有过闯入者,我觉得不安全。

一声碰撞的巨响,听起来像来自卧室。

罗密欧

见鬼……

他跑过门廊进入房间。

内景,罗密欧、朱丽叶的公寓(卧室),夜

罗密欧跑进来,发现小罗密欧正用手和膝盖爬行,一盏灯在地板上碎成一片片。

罗密欧

朱丽叶!你他妈给我滚进来。

朱丽叶

罗密欧,你听我解释,那只是我觉得很孤单……

但是她走进房间停住,只看到了小罗密欧和灯。她发现床也已经整齐,但是通向防火梯的窗户还开着,窗帘在微风中飘摆。

罗密欧

你什么?

朱丽叶

亲爱的,你不在我觉得孤单。

她想用手臂环住罗密欧的脖子,但是他一点也不领情。

罗密欧

(气愤地)

在小罗密被扎伤之前把这些清理干净,

我要去洗个澡。我在停车场干了半天活，回到家房子乱糟糟，孩子没人管，吃的也没有。等我洗完出来，晚餐最好已经摆在桌上了。

内景，罗密欧、朱丽叶的公寓（厨房），夜

这是一间很小的厨房，窗户旁有一个小桌子。桌边有两把椅子和一把给孩子用的高脚凳。朱丽叶在做饭，孩子坐在高脚凳里吃着苹果酱，把他托盘里的苹果酱从一边拨到另一边。我们可以听到另外一间房里的电视声，是有关房价上升的某档新闻节目。

朱丽叶

（大声喊）

你加到薪了吗？

罗密欧

（画外，大喊）

没有。那个狗娘养的把它给了赫比，他就是个马屁精。如果像他那样拍马屁，我宁愿用恰敏卫生巾把鼻子上的晦气擦掉。

朱丽叶

（叫喊）

但是你一小时应该多挣两块钱，这样我们就能搬到别的地方。

罗密欧

（画外，叫喊）

闭嘴！我没心情。

朱丽叶往柜台上扔了几个盘子，从水池里拉出一个滤锅，往盘子里倒了一些刚刚出锅的意大利面，又把滤锅扔回水池，然后抓起炖汁锅，舀出一些红色调味汁浇到意大利面上。

朱丽叶

（叫喊）

晚饭！

罗密欧走进来，换了一条好裤子和一件干净的衬衫。看起来他准备出门。

朱丽叶

你要去哪儿？

罗密欧

我要跟人去喝两杯。

朱丽叶

你要出去？我以为我们今晚能多点时间待在一起。

罗密欧

嘿，我今天累得四脚朝天，理应得到一点时间从这苦差事里解放出来吧。如果你把这地方收拾得干净一些，偶尔洗个澡，也许我会乐意待在家里。

朱丽叶

什么？你以为我每天在这儿玩"幸运转轮"吗？照顾孩子、收拾这个"垃圾场"多辛苦啊，而你就会跟人聊天，盯着小妞看，给你的狐朋狗友偷点吃的喝的。

罗密欧亲吻了小罗密欧的头顶，然后坐下来。他拿起餐具，开始用它们敲击桌子。

朱丽叶

你这是干吗？我马上就来了。

罗密欧

我说过我希望晚餐摆在桌上。

朱丽叶

我也希望很多事情,都没法得到。

朱丽叶砰地将一盘意大利面扔到桌上。罗密欧看了一眼然后说道……

罗密欧

又是意大利面。

他把盘子拂到地上。朱丽叶看着他。

朱丽叶

你疯了?

罗密欧

没疯,只是饿了。我饿了,对你的废话也烦透了。

他冲出房间。小罗密开始哭了起来。

朱丽叶

你去哪儿?

罗密欧

去找点我需要的变化。

朱丽叶

那我怎么办?

罗密欧

你不是已经从文森特那里得到你想要的了吗?

客厅的门重重地关上,朱丽叶低头看着地上的碎盘子和意大利面。她的手在颤抖。她安抚着小罗密。

> **朱丽叶**
> 别担心,罗密。这样的事情再也不会发生了。

现在,继续阅读之前,做个练习。最好的方法是影印这几页(对,就这几页),然后在上面做出标注,之后再回到这里看看另一种改法。

很难,对吧?但并不是不可能的。看看,我会这么做:

淡入
内景,罗密欧、朱丽叶的公寓,夜

一个婴孩号哭。
做爱的呻吟和轻哼声。
客厅里一团糟——衣服到处散落,报纸和杂志上堆叠着脏盘子。
卧室里,朱丽叶,19岁,黑色长发,迎接着文森特,21岁。她全情投入。

> **朱丽叶**
> 哦,哦,快,杰维,快点,宝贝。

> **文森特**
> 朱丽叶,朱丽叶,我……我……我爱你。
> 我要……我就要……

响亮的敲门声。
文森特突然停下。他看向门。

> **文森特**
> 谁在外面?

> **朱丽叶**
> 哦,不,是罗密欧!快!你快走。

> **文森特**
> 我就快完事了。

她把他推开，跳下床。

> **朱丽叶**
> 你已经完事了。

她快速穿上衣服。

> **朱丽叶**
> 如果你不赶紧离开这儿，我们就都完了。
> 快点，穿衣服。你从窗户爬出去，我拖住他。

> **文森特**
> 什么？宝贝，这是二楼，难道我是超人吗？

> **朱丽叶**
> 几分钟前你还说你是。

> **文森特**
> 我的意思是，你让我感觉自己像超人，你知道吗？为什么不让我去跟他谈谈看能不能……

> **朱丽叶**
> 你疯了吗？快出去。爬消防梯。快！

他站起来想拥抱她，但是她已经走出房间，关上了身后的门。

内景，罗密欧、朱丽叶的公寓，夜

敲门声在继续，朱丽叶来到门前，门上拴着门链和插销。

> **朱丽叶**
> 是谁？

罗密欧

（画外，透过门说道）

你他妈觉得是谁？把该死的门打开。

她打开门锁，摘下门链。罗密欧，20岁，怒气冲冲地进门。他穿了黑色裤子，白色衬衫，系着一条松垮的黑色领带，还围着一条绿色的围裙。衬衫上的胸牌，写着"我是罗密欧，有关产品的问题尽管问我"。

婴孩在哭。

罗密欧

这到底是怎么回事？你干吗锁门？

朱丽叶

这里有过闯入者，我觉得不安全。

一声碰撞的巨响，听起来像来自卧室。

罗密欧

那是什么……

他跑过门廊进入卧室。

罗密欧跑进来，发现小罗密欧正用手和膝盖爬行，一盏灯在地板上碎成一片片。

罗密欧

朱丽叶！你他妈给我滚进来。

朱丽叶

（画外）

罗密欧，听我解释，那只是我觉得很孤单……

但是她走进房间停住，看到的只是小罗密欧和灯。床已经整齐，通向消防梯的窗户还开着。

罗密欧

你什么?

朱丽叶

亲爱的,你不在我觉得孤单。

她想用手臂环住罗密欧的脖子,但是他一点也不领情。

罗密欧

(气愤地)

在小罗密被扎伤之前把这些清理干净,我要去洗个澡。等我洗完出来,晚餐最好已经摆在桌上了。

内景,罗密欧、朱丽叶的公寓(厨房),夜

这是一间很小的厨房,窗户旁有一个小桌子。桌边有两把椅子和一把给孩子用的高脚凳。

朱丽叶在做饭,孩子坐在高脚凳里,把托盘里的苹果酱从一边拨到另一边。电视在另外一间房里大声响着。

朱丽叶

(大声喊)

你加到薪了吗?

罗密欧

(画外,大喊)

没有。那个狗娘养的把它给了赫比,他就是个马屁精。如果像他那样拍马屁,我宁愿用恰敏卫生巾把鼻子上的晦气擦掉。

朱丽叶

(叫喊)

但是你一小时应该多挣两块钱,这样我们就能搬到别的地方。

罗密欧

（画外，叫喊）

闭嘴！我没心情。

朱丽叶往柜台上扔了几个盘子，从水池里拉出一个滤锅，往盘子里倒了一些刚刚出锅的意大利面，又把滤锅扔回水池，然后抓起炖汁锅，舀出一些红色调味汁浇到意大利面上。

朱丽叶

（叫喊）

晚饭！

罗密欧走进来，换了一条好裤子和一件干净的衬衫。

朱丽叶

你要去哪儿？

罗密欧

我要跟人去喝两杯。

朱丽叶

你要出去？我以为我们今晚能多点时间待在一起。

罗密欧

嘿，我今天累得四脚朝天，理应得到一点时间从苦差事里解放出来。如果你把这地方收拾得干净一些，偶尔洗个澡，也许我会乐意待在家里。

朱丽叶

什么？你以为我每天在这儿玩"幸运转轮"吗？你就会跟人聊天，盯着小妞看，给你的狐朋狗友偷点吃的喝的。

罗密欧亲吻了小罗密欧的头顶,然后坐下来。他拿起餐具,开始用它们敲击桌子。

朱丽叶

你这是干吗?我马上就来了。

罗密欧

我说过我希望晚餐摆在桌上。

朱丽叶

我也希望很多事情,都没法得到。

她砰地将一盘意大利面扔到桌上。

罗密欧

又是意大利面。

他把盘子拂到地上。朱丽叶看着他。

朱丽叶

你疯了?

罗密欧

没疯,只是饿了。我饿了,对你的废话
也烦透了。

他冲出房间。小罗密也哭了起来。

朱丽叶

你去哪儿?

罗密欧

去找点我需要的变化。

朱丽叶

那我怎么办?

罗密欧

不是已经有文森特满足你的需要了吗？

客厅的门重重地关上，朱丽叶低头看着地上的碎盘子和意大利面。她的手在颤抖。她安抚着小罗密。

朱丽叶

别担心，罗密。这样的事情再也不会发生了。

▶练习：现在从你的剧本中摘选出一场戏，将它删减压缩到绝对最少页数。要狠下心肠。

后面没剩下多少了。对这一稿来说，最困难的部分已经过去了。轻轻拍拍自己的后背怎么样？手臂不够长？那约上自己喜欢的人共进晚餐如何？更好的选择当然是让那个人约你出去，然后再回来，一屁股坐到椅子上结束这一切。

第八章
我进行到哪里了？

《雪国列车》（*Snowpiercer*，2013）

恭喜你。首先，你已经读到这儿了。第二，你可能已经完成改稿了。现在该给你的剧本测个体温，看看能不能让它离开"重症监护室"。是时候完成"剧本现状报告"（Script Status Report）了。

"剧本现状报告"的目的，是在你大声吼出那句"我已经写完了"之前就清楚地知道自己的进度，至少你自己要评估一下。这是跟剧本拉开距离的机会，因为作者通常很难做到客观地评判，但是，暂且装作你的剧本是别人写的，然后再读一遍。是的，再读一遍。跟以往一样，我会在这儿等你做完回来。

已经回来了？读得真快。好，现在来看看你到底有多客观。请尽可能诚实地填写下面这份清单。

"剧本现状报告"

- 项目名称；
- 用一句话描述剧本的前提（主题或者想法，不是故事）；
- 用一句话描述你的主人公；
- 他认为自己想要的是什么？他真正想要的是什么？
- 是谁阻止他达到目标？
- 是什么在他自己内心深处阻止他达到目标？
- 关于自己，他必须要了解的是什么？他又必须了解别人什么？
- 其他主要角色是谁？他们又需要什么？
- 你的剧本是什么类型？
- 你主人公的日常生活是什么样的？
- 激励事件是什么？

- 第一幕的终点是什么？
- 中点是什么？
- 第二幕的终点（低点）是什么？
- 最后的挑战是什么？
- 回归到已经永远改变的日常生活是什么？
- 哪些产生了效果？
- 哪些没有奏效？
- 哪些必须改变？

你读得高兴吗？好。去看看下一章。

不那么愉快？没事，这种情况不在少数。还记得我告诉过你有些编剧必须修改很多草稿吗？你也许还有好几稿要写呢。现在，回到剧本，继续对那些"不怎么奏效的地方"下功夫吧。当你终于对一个剧本满意了，认为它能代表你的最佳水平了，再开始读下一章。

第九章

正确的形式

《复仇者联盟》(*The Avengers*, 2012)

我曾经说过，剧本写作没有定规，只有建议。如果你遵循了这些建议，就会写出一个读起来和看上去都很专业的剧本，但这不能保证它是一个优秀的甚至是上乘的剧本。好主意往往要跳出常规，无论是形式还是内容都要让你的读者感到意外。

举个例子，编剧沙恩·布莱克（Shane Black）在《致命武器》（Lethal Weapon，1987）中就逾越了规则，他直接对着读者讲话，称他们为"男孩女孩们"和"伙计们"。在描写一栋奢华的比弗利山别墅时，他甚至这样写道："如果这部电影大卖的话，我一定会买一栋这样的房子。"从那时起，数以千计的编剧初学者们已经在所谓的"投机剧本"①中复制了这种手法，现在这个招数已经不再新鲜，也没那么独特，甚至被很多人认为只是简单的东施效颦。在《小贼、美女和妙探》（Kiss Kiss, Bang Bang，2005）中，沙恩·布莱克又在叙述中对观众直接讲话，这已经沦为他对自己的拙劣模仿。而当初他第一次这么做的时候，读者感受到的是前所未有的吸引。

如果你这么做，一定会被猛烈抨击，因为你不是沙恩·布莱克。但是，为求效果，只要做得不太过火，你仍然可以在一定程度上不按常规办事。首先，你需要知道界线在哪儿。要理解剧本写作的惯例，我推荐你看看斯蒂芬·鲍尔斯（Stephen Bowles）、罗纳德·曼格拉维特（Ronald Mangravite）和彼得·左恩（Peter Zorn）的《完全编剧手册》（The Complete Screenwriters Manual），詹娜·盖尔芬德（Janna Gelfand）的《完

---

① 投机剧本（speculative scripts）不同于制片厂向编剧约定的规定题材或主题剧本，它是由编剧自主创作，然后再找到制作公司碰碰运气，希望由制作公司将之拍成电影的剧本。——译注

美剧本形式实用指南》（*A Practical Guide to Flawless Screenplay Form*），或者克里斯托弗·赖利（Christopher Riley）的《好莱坞标准：剧本格式和形式完全权威指南》（*The Hollywood Standard: The Complete & Authoritative Guide to Script Format and Style*）。要了解这些惯例，但为了戏剧效果或者完善故事，也不要害怕打破陈规。

举个例子，在描述一场戏时，分散的说明性文字会显著地减慢读者的阅读速度，然而每当时间或地点发生改变，你都应该为一场戏写出新的提示或者说明文字，但有时这样做只会导致读者读故事时分心。剧本是一份技术性文档（像建筑设计图），它也是想象力的载体，就像建筑渲染图①。所以，我们可以用最初对一场戏的说明来建构时间和地点，比如以下这个我们跟着罗密欧和朱丽叶回到公寓的例子。

内景，罗密欧、朱丽叶的公寓，日

如果我们从客厅到门厅再到卧室，假定读者知道我们的位置，可以只用几个词告诉他我们要去哪里：

---

① 渲染图（rendering）是建筑表现图的一种绘画技法。——译注

> 罗密欧踹着脚走到门廊，然后他踱到卧室，在那儿他看见小罗密在地上玩耍，地上有一盏摔碎的灯。

技术层面上来讲，人物会从一个地点移动到另外一个地点，所以正常情况下，人物在每个房间时我们都应该为他写出一个单独的场景说明。但我们还是让导演来决定怎么拍摄吧，他可以把这些场景集中起来，用一个平滑的移动镜头拍摄，或者也可以用一组镜头来完成，由他拿主意。现在，我们感兴趣的是，故事推进的速度又提升了。

另一个让你的故事推进得更快的方法是删去对"切入"和"叠化"的说明。为什么？因为每一场戏的改变都至少是一次剪切。如果没有其他意义，就交给剪辑师和导演来干这件事吧。如果想要展示时间的流逝，可以用"叠化"，但是你最好能通过视觉化的东西展示时间的流逝——地上多出一堆烟蒂，盘子里吃得一半的食物，穿衣服或者脱衣服的各种状态（或者其他表现方法）。

▶练习：检查你的剧本，看看是否可以通过删去场景说明或者删去"切入"和"叠化"的说明而加速。

拼写、语法、标点符号和小数点

编剧很容易在拼写、语法、标点符号和小数点[①]方面犯错误。看，我刚刚就又犯了，而拼写检查根本就没有发现。但是，这些错误常常会把读者从故事里"弹"出去，而你当然不希望任何东西打断你讲述故事。如果一页纸上有几个错误，读者就会（自然而然地）感觉你不够专业，而且他们会觉得花费时间关注剧本细节对你而言毫无价值。如果你认为这个剧本不值得花费时间，那么你的读者凭什么会认为它值得他花费时间来阅读

---

① 原标题为"Spling, Gramma, Punkchewayshun, and Cents"，正文中作者表示自己又在拼写上犯了不易发现的错误即在此处。——编注

呢？这也许只是出于你的编剧手艺还不够精湛，但如果是这样的话，他们为什么还要继续阅读下去？因为如果你不能掌握这些最基本的东西，他们也就没有理由相信你能够掌握那些复杂的东西，比如塑造人物和进行叙事。

"是，但这些只是小事情，我不愿为这些芝麻小事费尽心力。"

当然，你有这样的态度可能很合理。毕竟，故事才是最重要的，对吧？对于电影来说，故事才是影片的重点，是影片的核心，是影片的灵魂。

你这么想好像才应该是对的。就像买一辆车时，你也会认为一辆车的引擎和电路才是最重要的。但是你会买一辆满是刮痕的新车吗？为什么不呢？它还是能跑啊，不是吗？但你会怀疑它跑得怎么样吧？你还愿意花时间试驾吗？如果车门的把手掉到你手上了呢？如果里程表上下装倒了呢？当然，汽车销售人员会告诉你这些都可以修好，但是你真的还想开这辆车吗？

当然不会，因为你会觉得汽车生产厂家显然还没有完成这辆车。所以为什么还要这么麻烦地搞什么试驾？

这个道理也适用于剧本。你要完成功课，让剧本看起来很顺眼。仔细校对，再找一位朋友（或者最好找一位专业人士）帮你校对，然后自己再校对一遍。确保每一处拼写都是正确无误的；确保在必要之处表述时的语法和标点符号是正确的。但是你怎么知道怎样的表述是正确的？

善用字典。找一本好一点的字典，关于某个词、某个字，不管你有什么疑问，都去查一查。还要善用语法书，我现在能想起的是斯特伦克（Strunk）和怀特（White）的《文体指南》（*The Elements of Style*）。在语法和标点符号方面，它都会对你有所帮助。

关于标点符号还有一点要注意。它为什么如此重要？因为它能帮你清楚地表达意图和重点，能引导演员也同样引导读者对文本进行解读和阐释，它还为角色的言语设定了节奏。看看下面这段话，根据标点符号的不同，句子是否会产生不同的含义。

菲利普：你在这儿过得这么好，为什么想要去那里？
（PHILLIP

Why do you want to go there you have it so good here?）

菲利普：为什么？你想要去那里吗？你在这儿过得这么好。
（PHILLIP

Why? Do you want to go there? You have it so good here.）

菲利普：为什么你想要离开？你在这儿过得这么好。在这儿。
（PHILLIP

Why do you want to go? There you have it so good. Here.）

菲利普：为什么你想要去那里？你在这儿过得这么好。
（PHILLIP

Why do you want to go there? You have it so good here.）

菲利普：为什么你想要离开？你过得这么好，这么，好。在这儿！
（PHILLIP

Why do you want to go? There you have it. So, good. Here!）

就这个简单的句子而言，你可能想到运用标点符号来区分语气的多种方法。但是为什么要让读者来决定它的意思？这是你的故事，你要告诉读者你的意思是什么，别让他们猜。

▶练习：仔细检查你的剧本，检查拼写、标点和语法。记住，只要有益于你的表达，只要是你有意去做的，那么你就可以打破语法规则。但如果不是有意的，你的剧本只会显得很不专业。

提示：此规则不适用于写作对白。你的人物要根据他的教育程度、阶层和环境选择适合的语法进行表达。

集中读者的注意力

现在电影因为某种原因而被认为是导演的作品,如果真是如此的话,你完全可以交给导演120页白纸,反正他也能够从这沓白纸中变出一部电影来。我不是要反对导演(有时我自己也是导演),但是电影的一切起源于文字。尽管如此,导演们非常保护自己的领域,开发部主管们是这种过度保护的促成者,所以导演们不喜欢在剧本里看到指导。

你可能在剧本中进行了怎样的指导呢?可能写下了摄影的角度:特写、中景、移动摄影。也可能过多地写下演员要怎样表演(除非它对这场戏非常重要),比如:"查利咽下嘴里的甜甜圈,又咬了一口嚼起来。他看着甜甜圈,晃着脑袋,又咬了一口,继续嚼。"

你真正需要说的只是"查利在听贝蒂讲话的时候吃了一个甜甜圈",其余的就交给导演和演员去填充发挥吧。

但是,如果了解查利咀嚼甜甜圈的认真程度十分必要的话,你可以详细说明;甚至有时一场戏里,读者的注意力需要聚焦在哪里对你来说也很重要,那么也可以对动作加以详细描写。但是通常你只会用特写、中景甚至视点(一些人还在用这个)这些拍摄术语,如果不使用这些词汇,怎样才能做到呢?怎么让读者聚焦,而又不至于让导演或摄影师觉得自己的职业尊严受到了冒犯?看看以下这个场景:

内景,自助餐厅,日

这地方挤满了大学生,大多数都是女生,大多数都穿得极富挑逗性。
杰西,19岁辣妹,穿着短上衣,短裤都短到解剖学上允许的最大尺度了。
电话,她拿起电话把听筒放到耳边。

杰西
姓名拨号。蒂凡尼。是。

电话铃响。但是听起来像电梯铃声。声音直接传到桌对面。
蒂凡尼,一个穿黑衣的不修边幅的女孩,从她的书包里拿出电话。

> **蒂凡尼**
> 喂？

看到我们是如何推动读者的想象力的吗？——从自助餐厅的广角镜头，到杰西的特写，再到她打电话的大特写镜头。这么做的时候剧本里需要用大写字母，把需要读者关注的重要信息单独放在一行。

▶ 练习：检查你的剧本（再一次！）并剔除对摄影的所有指导。你要决定读者在每场戏里看到的是什么，并且用单个镜头显现出来。不要做得太过分了，那样会让你的剧本变长而且令人讨厌。做些视觉化的记号足矣。

步 调

关于剧本的步调[①]，编剧老师和编剧书的作者有很多想法。有一些作者会像打了鸡血一样，一页赶一页，惨无人道地让观众疲于奔命；另一些作者则根本对步调没有概念或毫无控制，所以他们的剧本成了失眠症病人的对症良药。我对步调这方面的看法是，每一场戏之间、段落与段落之间必须要有上下起伏，当然，它是由上升动作、激烈动作和放松时刻组成的。

首先，什么是上升动作？

这个概念已经足够清楚了——对于你的主人公来说，事情必须越来越棘手。随着电影的推进，动作（不管是功夫对决，还是婚姻矛盾）必须变得越来越激烈。如果第一幕就是最艰苦的战斗，那你还能往哪儿发展？如果全片都维持同样水平的强度，没有添柴加火，如何能期望读者或观众保持兴趣？所以你必须把最高级别、最激烈的斗争留到"最后的挑战"，你必须一路爬坡到达那里。

---

① 步调（pacing），译法参考丹·奥班农：《剧本结构设计》（Dan O'Bannon's *Guide to Screenplay Structure*），后浪出版公司策划出版，北京联合出版公司2015年版。——编注

但是一路上你都要经历重要的事件和战斗。有时,在最紧张的一场戏之后,你得让读者缓解一下,所以你应该把戏剧动作放慢一点,让读者喘口气,加一点喜剧的轻松元素(这是它能够传承2500年之久的原因所在),让他们稍事休整。

然后,当读者在间歇中甫一产生安全的错觉,你就得重新拾回之前的步调。

▶练习:检查故事的节奏。如果可以画成图,它看起来应该像一连串山峰,有尖锐的悬崖峭壁和通向下一个山峰的缓坡。当你审读自己的剧本时,看看它是不是这样的。

第十章
收 尾

《大梦想家》(Saving Mr. Banks, 2013)

什么时候一个剧本才叫真正完工？《变脸》（*Face/Off*，1997）的联合编剧迈克尔·科拉里（Michael Colleary）和迈克·韦布（Mike Werb）这样回答这个问题："当你承认它永远也不会结束；当它被仔细校对过；当它看起来就像一个专业编剧写的。"

罗宾·希夫（Robin Schiff）则说："当我已经竭尽所能之后。"

罗恩·巴斯（Ron Bass）说："当我决定了该从剧本的改写中走出来的时候，那就是正确的时机。"

换句话说，据他们所言，到它该结束的时候你就知道了。但是你呢？他们有多年经验，在将正式剧本呈给他们的经纪人、制片厂或者工作室之前，会把剧本给很多人审读以寻求反馈，那些人都是专职看剧本的。然而，如果你还没有一个值得信任的顾问人员，你该怎么办？

答案是你得培养一个。

要尽快。我之前已经说过，你的顾问应该知道一些关于写作的事情，他们应该能够帮助你解决问题，并且他们不是你的父母、朋友或者其他对你很重要的人。如果你加入了线下的或者在线的作者小组，应该可以碰到一些跟你相似的或者比你更有经验的作者，他们可能会愿意交换阅读。那意味着你也不得不为别人做剧本审读，但这不失为一件好事，因为不管是好剧本还是坏剧本，你总能从阅读中学到东西。

现在，你应该已经准备好把你的孩子送到北极的寒冬了吧。我的意思是，你已经准备好把你的剧本送给一位经纪人或者制片人了，但是在这么做之前，我请求你再多读一遍。真的，我请求你对它进行"八次快读"，不必是完整的阅读，因为每一遍你读的都是不同的东西，所以只要对照着下面这张表来看。事实上，你甚至可以称这种阅读为"批准式阅读"（pass），因为你将通过快速阅读某些特定事项来检查自己的剧本是否过关。

▶ 练习：

1．读结构。确保你故事的"七个情节点"（见第一章）完全实现了，而且从页数的长度来看，"七个情节点"结构也很均衡。确认每场戏都有开始、中间和结局。

2．确认每场戏都有冲突，都推动故事向前发展。删去任何不能如此的戏剧场景。

3．再次阅读描述性段落。它们简练吗？是否推动故事？是否能够用影像讲述故事？是否能保证在需要的时候语法是正确的？

4．对对白做三次单独阅读，每一次，你都应该问自己，是否能够用画面呈现出它们而不是说出来。换句话说，你的人物能否用动作代替语言？然后，你还要询问自己是否每个字都是必需的，我的意思是每个"的"和"是"这样的字。第一次对白审读针对的是主要人物。阅读他的每段话，并且只阅读他的台词。他说话的腔调保持一致了吗？其他人物会说这些话吗？他的声音能够一下子就从人群中辨识出来吗？

5．对反面人物也进行同样的对白审读。

6．对配角人物也同样如此。

7．再一次回顾整个剧本，寻找能够删去的部分。可以删掉任何没有必要的戏剧场景；如果可能的话，删掉一场戏的头尾；无论任何时候，只要可能，就删减对白。

8．最后一遍，检查拼写、标点符号、语法和语意的合理性。

还有一件事

我知道你已经想要杀了我了。你可能正在对自己说："我到底要修订这玩意儿多少次？"职业编剧可能会把一个剧本修订三十遍，但是当把剧本交给制片人时，制片人又会发现一些东西要修改。事实上，一个剧本在影片最终剪辑完成、进入大规模放映之前都不算完成。甚至到了那个时候,有的编剧还要再做一些修改。但是到了现在这个程度,我只会说剧本中还有两个地方需要你再看看。

经常有人说,剧本里最初五页纸是最重要的。千真万确,因为它是吸引读者读下去的那几页。拍成电影的话,这五页纸就是电影里的前五分钟。难道你不是常常只看一部电影的前五分钟就做出喜不喜欢的判断了吗?就五分钟,要么被吸引,要么就离开。

所以你必须磨光打亮剧本的前五分钟,直到它们像钻石一样闪耀。不管是形式还是故事,这五分钟内容都必须有所展现,而且要在这五分钟里介绍你的人物,他们必须讨人喜欢或者极富魅力,让读者愿意花上两个小时和他们一同待在电影院的黑暗里。

最后五页是剧本里最重要的五页。等等,我刚刚不是才说头五页是最重要的吗?是的,我确实说过。但是我已经学会了与我脑子里自相矛盾的东西和平共处了,因为我知道事实就是如此。最后五页是最重要的,因为当观众(读者)离开影院或者结束阅读之后,最后五页内容必须给他们创造一个持续的记忆,因为它们是观众在看完电影后稍晚一点的咖啡时间、马蒂尼时光里或者第二天下午茶时会讨论的内容。关于"最后的挑战",你得让他们有所思考,或者有话可说。你必须殚精竭虑、挖空心思,让电影结束的一幕给观众留下深刻的印象,使他们迫不及待地要向别人讲述你的故事。

▶练习:阅读剧本的前五页和最后五页,看看是否已经对它们做到最好了?如果不能肯定,那就说明还能把它们做得更好。如果你的答案是肯定的,那么现在是时候把剧本投递出去了。
首先要在"美国编剧工会(西部)"在线注册你的剧本,现在可以把它投递出去了。
哦,还有一件事,把你在第八章中完成的"剧本现状分析报告"读一遍。罗列的那些问题都处理好了吗?如果没有,可以翻到本书目录,根据你的具体情况寻找特定方面的改稿建议。完成你需要的改写,然后就完工了。

剧本卖给谁？

现在，你的面前横亘着一座难关——卖掉这堆满是墨迹的纸。那么，你要把它卖给谁呢？

要回答这个问题，你可能要从凯茜·方·米田（Kathie Fong Yoneda）的书《兜售剧本的游戏——好莱坞圈内人教你如何卖出剧本》（*The Script Selling Game: A Hollywood Insider's Look at Getting Your Script Sold and Produced*，迈克尔·威斯出版社［Michael Wiese Productions］）开始，也可以从美国编剧工会（西部）的官方网站（www.wga.org）上拿到一张已经授权的经纪人列表；还可以四处打听，利用你的编剧圈人脉，问问你的哈里叔叔（谁知道呢，也许他认识一位餐馆泊车小弟的助理，刚巧布拉德·皮特的经纪人助理喜欢在那里吃夜宵）。不管你做什么，只要别让你的剧本待在桌子抽屉里。写剧本是因为你有故事要讲给人听，如果没有人读你的剧本，你就不能讲述故事，所以找个什么人来读它，任何人都行。问问你认识的所有人，看看他们是否还认识其他什么人能来读你的剧本，当然了，最好的选择是跟电影业有关系的人。

然后，如果一切进展顺利的话，明星将会介入，制片人会购买你的剧本，然后会开始要求改稿。

至少你已经知道从哪里开始了。

而且你已经准备好了。

但是在开始下一稿之前，可以先为这一稿庆祝一下。这份工作可能比一开始想象的要付出更多，但是剧本也确实好了很多，不是吗？所以奖赏自己一段愉快的时光吧，你完成了这么艰苦的工作，值得等量级的欢乐作为犒赏。周末出去逛逛，什么事情都不要做（也许很难做到，但是要强迫自己做到）。只是放松、充电、再度振作。享受假期时光吧，这也是过程中的一部分。

附录一 《末路狂花》七个情节点

1. 日常生活
塞尔玛一开始是一位绝望主妇,她的男友达里尔是一名汽车销售区域经理。达里尔十分大男子主义,是一头歧视女性的雄性公猪(如果世界上有这个物种)。塞尔玛甚至在周末跟她的朋友出门也要征得达里尔的允许。路易丝,一位具有反叛个性的女侍应生,有稳定的男朋友。

2. 激励事件
在乡间酒吧,一个陌生人把塞尔玛带到外面透透气,实际是想要强奸她,但路易丝用一颗穿透他心脏的子弹阻止了他的企图。

3. 第一幕终点
塞尔玛对达里尔说"去你妈的"之后,打算去墨西哥。

4. 中点或者转折点
塞尔玛和 J.D. 在一起,她的性意识觉醒了,但是他也偷走了她们的现金。塞尔玛接管全局,她们要开始一段犯罪的狂欢。

5. 低　点
塞尔玛得知警察已经知道她们要去墨西哥了。她们玩完了。

6. 最后的挑战
塞尔玛认为她们不应放弃反抗、束手就擒,应该继续前进。于是她们亲吻、手牵着手,驾车坠入大峡谷。

7. 回到(现在已永远改变了的)日常生活
塞尔玛和路易丝死了,但是面对男人,她们第一次得到了自由。这也暗示着因为她们的旅程,观众被永远地改变了。

附录二 《大公司小老板》[①] 节拍表

日常生活

1. 丹·福曼进行着日常晨起的例行程序，通过新闻得知自己的杂志被特迪·K收购。

2. 丹发现一个空的装验孕棒的盒子，他想也许是女儿怀孕了。

3. 丹去拜访一位大客户，但是客户决定从丹的杂志上撤掉广告。

4. 卡特·杜里埃为恐龙造型的电话展示新的营销策略时，他的老板宣布要跳槽到由特迪·K收购的杂志销售部做主管。卡特请求他把自己也带上并如愿以偿。

5. 丹回到家，努力让女儿对自己开诚布公（关于可能怀孕的事）。

6. 丹上床，但他的妻子却起床。他向她询问女儿亚历克斯怀孕的事，但他的妻子告诉他是她怀孕了。尽管一开始丹难以置信，但他很开心。

7. 卡特很兴奋，但妻子让他住嘴去睡觉。她怀疑他的工作能力。

8. 丹办公室里的其他人担心他们要被炒鱿鱼。丹被降级了，他的位置被卡特顶替。

9. 卡特和亚历克斯在杂志社电梯里相遇。他向她坦白自己第一天上班，根本不知道要干什么。她觉得他挺可爱。

激励事件段落

10. 办公室里，丹碰巧遇到卡特。丹没有留下来，他和亚历克斯打网

[①] 《大公司小老板》（*In Good Company*，2004），编剧为保罗·韦茨（Paul Weitz）。——编注

球去了。

11．在这场中青年对抗赛中，亚历克斯狠狠地收拾了丹。然后她告诉丹，她要转学到纽约大学并且将在那个城市生活。尽管会很困难，丹还是同意了这项增加的开销。

12．卡特被领着四处参观办公室，然后被带到他以后的工作地点——丹的办公室。

13．丹回来后发现卡特在那里。卡特才26岁，却是丹的新上司。丹在卡特离开后用网球砸掉了一座奖杯。

14．办公室门上的名牌被更换了，办公室也搬了。

15．卡特买了一辆新的保时捷车，马上就发生了剐蹭。

16．丹回到家时，他的妻子离开。

17．在产科医师的办公室里，丹心律不齐的病情发作，他告诉妻子安，也是头一次告诉妻子他被降职了。

18．卡特吃了一顿快餐，然后在自己的新车里睡了一晚。

第一幕终点

19．卡特喝了几杯拿铁，在主持销售会议时遇到了点麻烦。但他提出了一个提高销售能力的想法并要把销售额提高20%。这是他的目标。

第二幕

20．卡特把丹带到一家寿司餐厅，勉强丹吃了些寿司。他提出让丹成为他的"左膀右臂"。尽管丹没看出这有什么价值，但如果接受这个提议，就能保住自己的饭碗。

21．卡特炒掉的第一个人以前总在办公室里溜须拍马，他愤愤不平地离开。

22．通过一系列镜头，卡特展示自己是一个孤独的工作狂，其中一个镜头是他在会议上贬低丹。

23. 会议之前，卡特的上司来了，告诉卡特他必须解雇更多人。卡特对此闷闷不乐。

24. 会议间歇，卡特不顾一切想要找人陪他喝一杯，但是没有人愿意去。出乎意料地，丹邀请他吃晚饭。

25. 卡特十分狂喜地到了丹的家，但是安对他印象很不好。丹只想摆脱卡特。丹和安讨论他们如何应对增加的大学费用。

26. 卡特在客厅碰到亚历克斯。她有些敌意。卡特承认今天是他跟妻子第一次约会的纪念日。他的诚实打动了亚历克斯。

27. 在厨房里，安和丹就亚历克斯到纽约大学一事争论。丹把通心粉拂到地上，安则开始呕吐起来。

28. 亚历克斯和卡特在玩桌上足球，讨论人生巅峰来得太早的问题。

29. 比萨送到了，丹让小女儿放下电话。丹称呼亚历克斯和卡特"孩子们"，让他们进来吃饭。

30. 餐桌上的交谈有些尴尬。卡特将酒洒到了丹的大腿上。卡特和亚历克斯共处了一会儿。

31. 卡特不情愿地离去，亚历克斯隔着窗户目送他。

32. 卡特一个人待在别墅里，倍感孤独。

33. 丹帮助亚历克斯搬到纽约大学的宿舍。

34. 卡特搬到了城里的新公寓。

35. 丹给了亚历克斯一瓶"防狼喷雾"，跟她说再见。他努力忍住自己的泪水。

36. 对应的场景，在安和丹签署抵押文件的同时，卡特也签署了离婚文件。

37. 卡特迫使丹邀请客户去听音乐会，而不是去看比赛，并且告诉丹，他必须要卖出更多份报纸，否则就得有一部分人离开。两人对"离开"这个词的用法有不同意见。

38. 音乐会上，客户对现场气氛很不适应，但是和丹相处得还不错。他们偷偷溜出来，客户告诉丹，因为他的杂志集团与丹的杂志集团不和，他不能再和丹有业务往来了。

39．卡特告诉丹，他必须要解雇路易和莫尔蒂……或者丹自己离开。

40．丹回到家里跟家人见面。卡特在办公室沙发上睡了一觉。

41．丹炒了莫尔蒂和路易，他们没法接受这个事实。

42．丹递交了自己的评估结果。他没能达到预期。

43．莫尔蒂和路易离开办公室。所有人都很伤感。

中 点

44．在露天咖啡店，卡特偶然碰见了亚历克斯。他和她一起喝咖啡。他们很合得来，两人一起散步。

45．两人共度了一天。亚历克斯吻了卡特之后，邀请他到她的宿舍来。

46．亚历克斯诱惑了有点犹豫的卡特，他投降了。

47．第二天早上，丹在办公室里说卡特"神经质"，但是卡特不承认。

48．一组蒙太奇镜头，亚历克斯和卡特打网球、约会喝咖啡等，而卡特炒掉了更多人。在购物之旅的间隙，丹尝试给亚历克斯打电话。

49．一场公司内部组织的篮球比赛中，丹碰见了卡特的上司马克，他是个混蛋。马克队里有个冒名顶替的运动员。比赛很艰苦，丹在尝试扣篮时受伤了。

50．丹总是不放心，试图与女儿取得联系，卡特安抚他。卡特让丹提供一些婚姻保鲜的建议。

51．丹的家人在他生日那天给了他一个惊喜。他磨蹭了好一会儿才进门，并且只穿着拳击短裤。惊喜变惊吓！

52．丹通知业绩不佳的莫尔蒂他被解雇了，而莫尔蒂的妻子刚刚升职，他在家中的地位更加岌岌可危。

53．卡特开车去见亚历克斯。他送给她一串昂贵的项链，并且告诉她，她是那种能和他在一个战壕里并肩作战的女孩。（这正是倾听了丹给他的建议。）

54．随后，亚历克斯打开礼物时，丹发现她和卡特在一起。

低 点

55. 丹尾随卡特到一家餐厅，发现他和亚历克斯在那里。冲突中他狠狠地揍了卡特，和女儿发生了争吵。

56. 卡特去亚历克斯的宿舍，但她跟他分手了。

第三幕

57. 丹回到家，发现安进了医院。他赶到医院，孩子没事，只是虚惊一场。

58. 医院里，亚历克斯和丹和好如初。她告诉丹他不需要改变，但是他仍然坚持。

59. 在办公室里，特迪·K跟所有人分享他对未来的展望。丹当着他的面质疑他的想法。特迪·K把丹提出的问题留给丹和其他人来回答。

60. 马克冲进了丹的办公室并解雇了他。卡特也辞职了，但是他告诉丹，他会给特迪·K打电话，告诉他马克是怎样让杂志每况愈下的。他们的关系得到短暂地缓和。

最后的挑战

61. 丹和卡特拜访卡尔布先生，说服他买了杂志上一个大广告页。

62. 他们回来，发现特迪·K已经把公司卖给了竞争对手。马克和卡特丢掉了工作，但是丹又赢回了之前的职位。

63. 当丹搬回他的办公室时，卡特在大街上闲逛，思考着。

回到（现在已永远改变了的）日常生活

64. 一个月后，穿着运动衣的卡特回到办公室来见丹。卡特拒绝了丹要他回来做二把手的提议，但是他感谢丹为他做了很多事。分别时，两人真诚地拥抱。

65．电梯里，他遇到了亚历克斯，她是来找丹打网球的。在莫尔蒂面前，两人进行了一次紧张的对话。莫尔蒂提醒他们不要错失良机。

66．医院里，丹对他的两个女儿宣布家里要添一个宝贝妹妹。他兴奋得发疯。

67．卡特在海边慢跑时接到了丹打来的电话。他们像老朋友一样交谈。

附录三 《青少年》剧本改稿示例

 这是《青少年》（*Youngsters*）剧本反反复复改写的前几页，由保罗·齐特里克编剧，奥尔森姐妹（Olsen Twins）出演，瑞舍尔娱乐公司（Rysher Entertainment）出品，监制为詹姆斯·奥尔（James Orr）和吉姆·克鲁克香克（Jim Cruickshank）。吉姆的编剧作品包括《再上梁山》（*Tough Guys*，1986）、《犬父虎子》（*Man of the House*，1995）、《命运先生》（*Mr. Destiny*，1990）、《修女也疯狂2》（*Sister Act 2*，1993）、《三个奶爸一个娃》（*Three Men and a Baby*，1987）等。

 下面第一组例子里那几页草稿，摘自已经基本结束了"八次快读"的那一稿，我认为它过于臃肿。页面上那些标注都是我自己写的。

《青少年》

编剧:保罗·齐特里克

第一幕

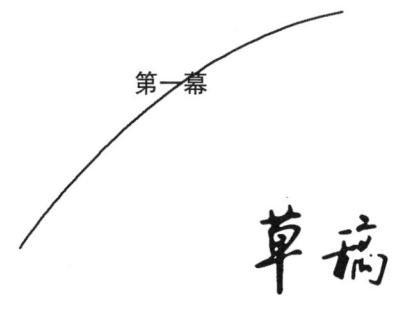

草稿
1996年10月4日

1996年4月12日

淡入

复印机的托盘。

一页接一页法律文件噼啪有声地落入托盘里。突然,复印机卡住了。

艾丽斯

(画外)

该死!

内景,律师事务所(复印室),日

狭小的。大量纸张和物资堆积。两个大的复印机,房间里一边一台。还有艾丽斯·布尔多克,

四十出头,穿着裙子和衬衫(我们将看到她的西装外套在办公室里),从正在一页一页装填纸张的复印机前转过身。她看着停止运转的复印机,上面有个手动印刷的标识:

"控制器坏了。复印多份请一直按住'开始'键。"

艾丽斯

好吧,一直按住开始键。

她按住开始键,机器重新启动。她一边按着开始键,一边想要越过它继续复印其他文件,但是她没法同时按着开始键又够到另一台机器。每次手指一离开开始键,机器就停摆。真是左右为难。

她抬起腿来,想用脚按住键,但她的裙子太紧了。所以她拉高裙子,用一只脚按住开始键,倾斜着身子使用另外一台机器,逐页复印……两台机器现在都在运转。<u>用一种惊人的平衡动作</u>

凯西

(画外)

你到底想复印身上哪个部分?

《青少年》 第2页

艾丽斯抬头看见凯西，40岁，更像秘书的样子。她手里拿了一些纸。艾丽斯马上把腿放了下来。

艾丽斯
（尴尬地）
哦，嗨，凯西啊。启动开关短路了，所以你得一直按着它而且……

凯西
或者你可以像我这样。

她走向工作台，从透明胶带卷上撕了一段胶带，把它贴在开关上……

凯西
（继续）
我就喜欢律师。他们都实用能干。
玛尔塔在哪儿？

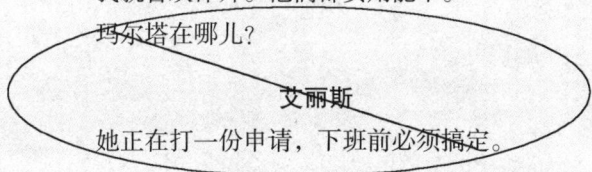

艾丽斯
她正在打一份申请，下班前必须搞定。

当艾丽斯在另一台复印机前一页页复印时，这台机器又开始工作。

凯西
不准备去罗兹的聚会？

艾丽斯
还有好多事做。

凯西
~~为子什么？~~ 干吗为这帮家伙拼死拼活？
你永远不可能成为合伙人。

《青少年》 第3页

　　　　　　艾丽斯
~~谢谢。你说的这些对我意义重大。~~ 哦？

　　　　　　凯西
你还没找到他忽视你的原因？

　　　　　　艾丽斯
是什么？

　　　　　　凯西
~~你从不口出怨言。~~ 他想要的是金发美女。
她很年轻。而且他知道即使你被忽略也不会口出怨言

　　　　　　艾丽斯
我也很年轻。

　　　　　　凯西
她们更年轻。

　　　　　　艾丽斯
我们在讨论政策还是这里一贯的年龄歧视？

　　　　　　凯西
我不知道你在说什么。我只是个打工的。
我听从命令。

　　　　　　艾丽斯
#＞真让人欣慰。
凯西只是耸耸肩，好像在说："还能怎样？"

　　　　　　凯西
当现实给你迎面一击的时候，你会发现
它是很卑鄙的。

《青少年》 第4页

复印机又停了。

　　　　　　　　　艾丽斯
　　　　你帮了我的大忙，凯西。

艾丽斯再次按住复印键。这一次，那些复印的文件掉出影印件托盘，她还没来得及反应过来就都撒了一地。

内景，走廊，片刻之后

艾丽斯走过走廊，手中拿着一叠纸。

玻璃幕墙的董事会会议室里，几个律师，男男女女，聚集在一起。房间的门开着，当艾丽斯走过时，我们听到玻璃杯的叮当声和兴奋的祝贺对话，声音涌入走廊。

几个年长的合伙人向罗莎琳·埃克特举杯祝贺，她大概二十八九岁。我们听见一些人正在谈论她成为有史以来最年轻的合伙人一事。

艾丽斯回头看了一眼，之后继续走过走廊。她的步伐从急匆匆变得怒气冲冲。

内景，律师事务所，接前

艾丽斯冲过一排秘书隔间。她在其中一间的门口停下，将手中的纸撂了一半在桌上。

　　　　　　　　　艾丽斯
　　　　复印机卡住了。你能从第37页开始复印
　　　　吗？我现在没时间了。

玛尔塔继续打字，就像没人在那儿。

　　　　　　　　　艾丽斯
　　　　（继续）
　　　　谢谢。我今晚会读前一半，明早要拿到
　　　　剩下的。

《青少年》　第5页

> 玛尔塔依旧不理睬她。
> 艾丽斯
> 谢谢，就这些了，玛尔塔。

艾丽斯继续往她的办公室走……

内景，律师事务所、艾丽斯的办公室，接前

她抓着文件和纸张，往她的公文包里塞。背景里，我们还可以听见庆祝声。在她凌乱的办公桌上，有一张她和10岁女儿詹娜的照片，还有一本叫作《现在停止变老》的书，挨着它的还有一本《整理你的桌子，规划你的人生》。

艾丽斯打开她办公桌最上边的一个抽屉，拿出一支铅笔。我们看见一大堆东西，包括一瓶玉兰油、一管维生素A，还有其他一些让肌肤年轻的产品。

R.J.

（画外）

这么早就走？

R.J.，一个穿着阿玛尼西装的五十多岁的男人，从门口探进头来。

R.J.

我希望我们能谈谈那个基德科轮式溜冰
鞋的责任案。

艾丽斯

抱歉，R.J.，也许明天再谈吧，今晚不行。
我前夫因公事出差，现在就要走，所以
我必须去接詹娜。

R.J.

詹娜？

艾丽斯

我女儿。你知道的，从五年前你雇佣我的时候我就有个女儿。

R.J.

哦。

（然后）
罗兹的事我们亏欠了你。

艾丽斯
罗兹的事上我也亏欠了我自己。

~~R. J.
什么意思？

艾丽斯
我的意思是~~我必须在离开之前做完一些事。

R. J.
哎！艾丽斯。我知道你因为没能先于罗兹成为合伙人而恼火，我很抱歉。

艾丽斯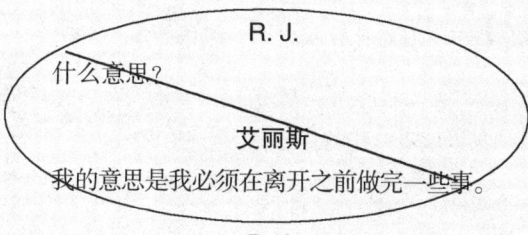
谢谢，R. J.。我要把它带到市场上，看看我能用我老板的一句"对不起"换到几袋杂货。

R. J.
我不喜欢这种语气，年轻女士。

艾丽斯
哎，R. J.，我已经为公司拼尽全力了。我对得起我的薪水和角落里的那间办公室了。我也完全有资格成为合伙人。你明明知道。

R. J.
证明这一点。如果你能赢得基德科的案

《青少年》 第7页

子，你就能如愿。但是如果不能投入全部精力，你根本就赢不了。

艾丽斯

我的全部精力？

他看看手表，然后看着她正在收拾的公文包。

R. J.

我想你明白我的意思。

他走了。艾丽斯停了一会，然后将几个文件夹塞进她的公文包。

下面这一稿，我将上面标注的那些东西都已经改过来了，在这个过程中，还另外做了一些微调。

《青少年》
编剧：保罗·齐特里克

1996 年 4 月 15 日

淡入

复印机的托盘。

一页接一页法律文件噼啪有声地落入托盘里。突然，复印机卡住了。

      艾丽斯

  （画外）

  该死！

内景，律师事务所（复印室），白天

狭小的。大量纸张和物资堆积。两个大的复印机，房间里一边一台。还有艾丽斯·布尔多克，

四十出头，穿着裙子和衬衫（我们将看到她的西装外套在她的办公室里），从正在一页一页装填纸张的复印机前转过身。她看着停止转运的复印机，上面有个手动印刷的标识：

  "控制器坏了。复印多份请一直按住'开始'键。"

      艾丽斯

  好吧，一直按住开始键。

她按住开始键，机器重新启动。她一边按着开始键，一边想要越过它继续复印其他文件，但是她没法同时按着开始键又够到另一台机器。每次手指一离开开始键，机器就停摆。真是左右为难。

她抬起腿来，想用脚按住键，但她的裙子太紧了。所以她拉高裙子，用一只脚按住开始键，倾斜着身子，用一种惊人的平衡动作开始使用另外一台机器，逐页复印……两台机器现在都在运转。

      凯西

  （画外）

  你到底想复印身上哪个部分？

《青少年》 第2页

艾丽斯抬头看见凯西，40岁，秘书的样子。她手里拿了一些纸。艾丽斯马上把腿放了下来。

艾丽斯
（尴尬地）
哦，嗨，凯西啊。启动开关短路了，所以你得一直按着它而且……

凯西
或者你可以像我这样。

她走向工作台，从透明胶带卷上撕了一段胶带，把它贴在开关上……

凯西
（继续）
我就喜欢律师。他们都实用能干。

当艾丽斯在另一台复印机一页页前复印时，这台机器又开始工作。

凯西
不准备去罗兹的聚会？

艾丽斯
还有好多事做。

凯西
干吗为这帮家伙拼死拼活？你永远不可能成为合伙人。

艾丽斯
哦？

《青少年》　第3页

     凯西
你还没找到他忽视你的原因？

     艾丽斯
是什么？

     凯西
他想要的是金发美女。她很年轻。而且他知道即使你被忽略也不会口出怨言。

     艾丽斯
我也很年轻。

     凯西
她们更年轻。

     艾丽斯
我们现在在讨论这里一贯的年龄歧视？

     凯西
我不知道你在说什么。我只是个打工的。我听从命令。

     艾丽斯
真让人欣慰。

凯西只是耸耸肩，好像在说："还能怎样？"

     凯西
当现实给你迎面一击的时候，你会发现它是很卑鄙的。

复印机又停了。

《青少年》 第4页

      艾丽斯
    你帮了我的大忙，凯西。

  艾丽斯再次按住复印键。这一次，那些复印的文件掉出影印件托盘，她还没来得及反应过来就都撒了一地。

内景，走廊，片刻之后

  艾丽斯走过走廊，手中拿着一叠纸。

  玻璃幕墙的董事会会议室里，几个律师，男男女女，聚集在一起。房间的门开着，当艾丽斯走过时，我们听到玻璃杯的叮当声和兴奋的祝贺对话，声音涌入走廊。

  几个年长的合伙人向罗莎琳·埃克特举杯祝贺，她大概二十八九岁。我们听见一些人正在谈论她成为有史以来最年轻的合伙人一事。

  艾丽斯回头看了一眼，之后继续走过走廊。她的步伐从急匆匆变得怒气冲冲。

内景，律师事务所，接前

  艾丽斯冲过一排秘书隔间。她在其中一间的门口停下，将手中的纸撂了一半在桌上。

      艾丽斯
    复印机卡住了。你能从第37页开始复印
    吗？我现在没时间了。

  玛尔塔继续打字，就像没人在那儿。

      艾丽斯
    （继续）
    谢谢。我今晚会读前一半，明早要拿到
    剩下的。

《青少年》 第5页

玛尔塔依旧不理睬她。

艾丽斯

谢谢,就这些了,玛尔塔。

艾丽斯继续往她的办公室走……

内景,艾丽斯的办公室,接前

她抓着文件和纸张,往她的公文包里塞。背景里,我们还可以听见庆祝声。在她凌乱的办公桌上,有一张她和10岁女儿詹娜的照片,还有一本叫作《现在停止变老》的书,挨着它的还有一本《整理你的桌子,规划你的人生》。

艾丽斯打开她办公桌最上边的一个抽屉,拿出一支铅笔。我们看见一大堆东西,包括一瓶玉兰油、一管维生素A,还有其他一些让肌肤年轻的产品。

R.J.

(画外)

这么早就走?

R.J.,一个穿着阿玛尼西装的五十多岁的男人,从门口探进头来。

R.J.

我希望我们能谈谈那个基德科轮式溜冰鞋的责任案。

艾丽斯

抱歉,R.J.,明天再谈吧,今晚不行。我前夫因公事出差,现在就要走,所以我必须去接詹娜。

R.J.

詹娜?

《青少年》 第6页

艾丽斯
我女儿。你知道的,从五年前你雇佣我的时候我就有个女儿。

R.J.
哦。
(然后)
罗兹的事我们亏欠了你。

艾丽斯
罗兹的事上我也亏欠了我自己。

R.J.
哎!艾丽斯。我知道你因为没能先于罗兹成为合伙人而恼火,我很抱歉。

艾丽斯
谢谢,R.J.。我要把你的这句"抱歉"带到市场上,看看我能用它换到几袋杂货。

R.J.
我不喜欢这种语气,年轻女士。

艾丽斯
哎,R.J.,我已经为公司拼尽全力了。我对得起我的薪水和角落里的那间办公室了。我也完全有资格成为合伙人。你明明知道。

R.J.
证明这一点。如果你能赢得基德科的案

《青少年》　第7页

　　　　子,你就能如愿。但是如果不能投入全
　　　　部精力,你根本就赢不了。

　　　　　　　　　艾丽斯
　　　我的全部精力?

他看看手表,然后看着她正在收拾的公文包。

　　　　　　　　　R. J.
　　　我想你明白我的意思。

他走了。艾丽斯停了一会,然后将几个文件夹塞进她的公文包。

在拿给奥尔和克鲁克香克审读之前，我决定作一些删减，把它淬炼得更锐利一些。做一些很小的改变，但是却能够提高整个剧本的阅读速度。看看你是否能够找出这些改变。

如果你认为读这些差不多相同但又不完全相同的稿纸很无聊，那么你也许可以考虑别的职业了。电影和电视制作的每一件事都有着细微的差别，表演、灯光、对白、剪辑，甚至在放映和座位安排方面。最好的电影制作者们都会关注细节，即使这意味着拍20条、剪20次、写20稿。下面是另一稿。

《青少年》
编剧：保罗·齐特里克

第一稿
1996 年 4 月 25 日

淡入

　复印机的托盘。

　一页接一页法律文件噼啪有声地落入托盘里。突然，复印机卡住了。

　　　　　　艾丽斯
　　　　　（画外）
　　　　　该死！

内景，律师事务所（复印室），白天

　狭小的。大量纸张和物资堆积。两台大型复印机，房间里一边一台。还有艾丽斯·布尔多克，

　四十岁出头，穿着裙子和衬衫（我们将看到她的西装外套在她的办公室里），从正在一页一页装填纸张的复印机前转过身。她看着停止运转的复印机，上面有个手动印刷的标识：

　　　"控制器坏了。复印多份请一直按住'开始'键。"

　　　　　　艾丽斯
　　　　　好吧，一直按住开始键。

　她按住开始键，机器重新启动。她一边按着开始键，一边想要越过它继续复印其他文件，但是她没法同时按着开始键又够到另一台机器。每次手指一离开开始键，机器就停摆。真是左右为难。

　她抬起腿来，想用脚按住键，但她的裙子太紧了。她拉高裙子，用一只脚按住开始键，倾斜着身子，用一种惊人的平衡动作开始使用另外一台机器，逐页复印……两台机器现在都在运转。

　　　　　　凯西
　　　　　（画外）
　　　　　你到底想复印身上哪个部分？

《青少年》　第2页

艾丽斯抬头看见凯西，30岁，秘书的模样。她手里拿了一些纸。艾丽斯马上把腿放下来。

艾丽斯
（尴尬地）
哦，嗨，凯西啊。启动开关短路了，所以你得一直按着它而且……

凯西
或者你可以像我这样。

她走向工作台，从透明胶带卷上撕了一段胶带，把它贴在开关上……

凯西
（继续）
我就喜欢律师。他们都实用能干。

当艾丽斯在另一台复印机前一页页复印时，这台机器又开始工作。

凯西
不准备去罗兹的聚会？

艾丽斯
还有好多事做。

凯西
干吗为这帮家伙拼死拼活？你永远不可能成为合伙人。

艾丽斯
哦？

《青少年》 第3页

>　　　　　　凯西
> 你还没找到他忽视你的原因？

>　　　　　　艾丽斯
> 是什么？

>　　　　　　凯西
> 他喜欢自己的合伙人是年轻的金发美女，
> 这让他看起来也年轻了。

>　　　　　　艾丽斯
> 我也很年轻。

>　　　　　　凯西
> 她们更年轻。

>　　　　　　艾丽斯
> 我们现在在讨论这里一贯的年龄歧视？

>　　　　　　凯西
> 我不知道你在说什么。我只是个打工的。
> 我听从命令。

>　　　　　　艾丽斯
> 真让人欣慰。

复印机又停了。

>　　　　　　艾丽斯
> 你帮了我的大忙，凯西。

艾丽斯再次按住复印键。这一次，那些复印的文件掉出影印件托盘，她还没来得及反应过来就都撒了一地。

《青少年》　第4页

内景，走廊，片刻之后

　　艾丽斯走过走廊，手中拿着一叠纸。

　　玻璃幕墙的董事会会议室里，几个律师，男男女女，聚集在一起。房间的门开着，当艾丽斯走过时，我们听到玻璃杯的叮当声和兴奋的祝贺对话，声音涌入走廊。

　　几个年长的合伙人向罗莎琳·埃克特举杯祝贺，她大概二十八九岁。我们听见一些人正在谈论她成为有史以来最年轻的合伙人一事。

　　艾丽斯回头看了一眼，之后继续走过走廊。她的步伐从急匆匆变得怒气冲冲。

内景，律师事务所，接前

　　艾丽斯冲过一排秘书隔间。她在其中一间的门口停下，将手中的纸摞了一半在桌上。

艾丽斯

复印机卡住了。你能从第37页开始复印吗？我现在没时间了。

　　玛尔塔继续打字，就像没人在那儿。

艾丽斯

（继续）
谢谢。我今晚会读前一半，明早要拿到剩下的。

　　玛尔塔依旧不理睬她。

艾丽斯

谢谢，就这些了。玛尔塔。

　　艾丽斯继续往她的办公室走……

《青少年》 第5页

内景，艾丽斯的办公室，接前

　　她抓着文件和纸张，往她的公文包里塞。背景里，我们还可以听见庆祝声。在她凌乱的办公桌上，有一张她和10岁女儿詹娜的照片，还有一本叫作《现在停止变老》的书，挨着它还有一本《整理你的桌子，规划你的人生》。

　　艾丽斯打开她办公桌最上边的一个抽屉，拿出一支铅笔。我们看见一大堆东西，包括一瓶玉兰油、一管维生素A，还有其他一些让肌肤年轻的产品。

R. J.

（画外）
这么早就走？

　　R. J.，一个穿着阿玛尼西装的五十多岁的男人，从门口探进头来。

R. J.

我们需要谈谈那个基德科轮式溜冰鞋的责任案。

艾丽斯

我知道。我读了工程师的初步报告。高概率的刹车失灵，这意味着因为基德科的过失孩子们才受伤了。

R. J.

撇开孩子不谈，我们能不能让基德科摆脱困境？

艾丽斯

我……不确定。我们能明天再谈吗？

R. J.

哎！艾丽斯。我知道你因为没在罗兹之

《青少年》 第6页

前成为合伙人而恼火，我很抱歉。

艾丽斯

谢谢，R. J.。我要把你的这句"抱歉"带到市场上，看看我能用它换到几袋杂货。

R. J.

我不喜欢这种语气，年轻女士。

艾丽斯

哎，R. J.，我已经为公司拼尽全力了。我对得起我的薪水和角落里的那间办公室了。我也完全有资格成为合伙人。你明明知道。

R. J.

证明这一点。如果你能赢得基德科的案子，你就能如愿。但是如果不能投入全部精力，你根本就赢不了。

艾丽斯

我一周工作六十个小时，还不够？

他看看手表，然后看着她正在收拾的公文包。

R. J.

不够，尤其是为了私人事务大中午就离开的时候。你得分清事情的轻重缓急，否则你在这儿前途堪忧。

他走开了。艾丽斯停了一会，然后生气地将几个文件夹塞进她的公文包。

《青少年》 第7页

内景，律师事务所（秘书的隔间），接前……

艾丽斯冲出办公室。玛尔塔也没抬头看一眼。

艾丽斯
为我转接下所有电话。好吗？谢谢。如果没有你，我都不知道该怎么办了。

艾丽斯继续走过大厅。

到了这个阶段，把这一稿剧本送到瑞舍尔公司之前，我先把它拿给奥尔和克鲁克香克看。他们建议我更多聚焦于艾丽斯的主要问题——逐渐变老，内在和外在都是如此。所以我按他们所说的那样修改了。你要仔细注意这其中的差别。

《青少年》

编剧：保罗·齐特里克

第一稿

1996 年 5 月 6 日

淡入

艾丽斯的眼睛。

她对着镜子检查眼睛四周的皱纹。

她走到梳妆台前，我们看到她身在何处。

内景，洗手间，日

艾丽斯·布尔多克，三十多岁，穿着商务套装和衬衣。她从手提袋里抽出一管痔疮膏，把它放在台上。然后又抽出一管维生素 A，挤出一点后放下，把它涂抹在眼周的皱纹处。

她继续涂脸的时候，我们听见马桶冲水声和隔板门的当啷声。艾丽斯从镜子里望去，看到……

罗莎琳·埃克特，二十七八岁，从隔间里出来。罗莎琳也穿着西装，很漂亮，甚至有点美艳动人。她靠近水池洗手，我们只能从前面看到她……

艾丽斯

罗兹。

罗莎琳

艾丽斯。

（看见痔疮膏）

脸上长痔疮啦？

艾丽斯

什么？不，我在用维生素 A。

罗莎琳

我很崇拜岁月在你脸上留下的痕迹。

艾丽斯

我的年纪？

《青少年》 第2页

罗莎琳抓起几张纸巾,把手擦干。

     罗莎琳
  你们"婴儿潮一代"就是神经过敏。你不老……你是成熟,老练。

     艾丽斯
  听你说的我感觉自己是一块牛排。

     罗莎琳
  我的意思只是……所有同事都把你当成我们的女训导员。

     艾丽斯
  谢谢。真是会安慰人。

     罗莎琳
  已经准备好宣布结果啦?

     艾丽斯
  我已经准备了五年了。

     罗莎琳
  理所应当是你。

罗莎琳对着镜子最后检查了一下自己的妆容。

     罗莎琳
  我只是祈祷你不会再失望一次。

     艾丽斯
  不会了。

《青少年》　　第3页

>**罗莎琳**
>嗯，你永远不知道会发生什么，对吗？

>**艾丽斯**
>对，你永远不会知道。

罗莎琳漫不经心地打量了一眼竞争对手。

>**罗莎琳**
>哦，艾丽斯，你的鞋，沾上了一点卫生纸。
>注意细节，这是合伙人的重要品质。

>**艾丽斯**
>谢谢你的建议。

艾丽斯把鞋上的卫生纸拿掉的时候，罗莎琳正转身要走。艾丽斯抬头看见罗莎琳的裙子皱了起来，马桶坐垫纸正好塞在她的连裤袜里。

>**艾丽斯**
>哦，罗兹，你的……

>**罗莎琳**
>注意细节。"好"与"好极了"的区别
>就在于细节。

>**艾丽斯**
>谢谢，罗兹。我会记住的。

内景，会议室

在玻璃幕墙的董事会会议室中，几个律师，男男女女，聚集在一起。房间里充满兴奋的低语声，人群在等待宣布结果。
艾丽斯跟她的秘书交谈。

《青少年》 第4页

　　罗莎琳在房间的另一边，正在跟一帮年长的律师交谈。她的裙子现在已经整理好了。
　　R.J.一阵风似的进来。他是一个身着阿玛尼西装的五十多岁的男人，总是笑容满面，富于控制力。他清了清嗓子，所有交谈都停下来。
　　艾丽斯伸直腰。

　　　　　　　R.J.
　　　　今天我请大家齐聚一堂，是为了给一位
　　　　超凡的女性授予荣誉，她赢得了同事们
　　　　的喜爱与尊敬，是一位优秀的律师……

　　艾丽斯暗暗整理，抹平她的裙子。

　　　　　　　R.J.
　　　　……她拥有最精明干练的法律头脑，本
　　　　公司何其有幸能聘请到她。我敢担保，
　　　　对你们来说这消息并不意外。今后大家
　　　　就会在我们公司信纸的抬头上看到一个
　　　　新名字。她就是我们最杰出的前同事和
　　　　新合伙人……

　　艾丽斯开始往前迈了一步……

　　　　　　　R.J.
　　　　……罗莎琳·埃克特。

　　听到这则极具摧毁性的消息，艾丽斯靠在餐具柜上寻找支撑。
　　所有人都冲向罗莎琳，向她祝贺，她满脸堆笑。
　　但是艾丽斯垂头丧气。当其他人都蜂拥着罗莎琳的时候她溜出了房间。

《青少年》 第5页

内景，艾丽斯的办公室，稍后……

艾丽斯抓着文件和纸，把它们塞进她的公文包。背景里，我们还可以听见庆祝声。在她凌乱的办公桌上，有一张她和10岁的女儿詹娜的照片，还有一本叫作《现在停止变老》的书，挨着它还有一本《整理你的桌子，规划你的人生》。

我们听见有人敲了敲开着的门。

R.J.

（画外）
有空吗？

R.J.，从门口探进头来。

艾丽斯

只能一会儿。R.J.，我必须去接我的女儿。
什么事？

R.J.

哎！艾丽斯。我知道你一定因为没能成为合伙人而恼火，我很抱歉。

艾丽斯

谢谢，R.J.。我要把你的这句"抱歉"带到市场上，看看我能用它换到几袋杂货。

R.J.

真的很势均力敌，艾丽斯。我们直到最后关头，费了很大劲儿才做出决定。其实选择谁都有道理。

《青少年》　第6页

艾丽斯

那为什么不选择我?我已经为公司拼尽了全力。我完全有资格成为合伙人。你心里有数。

R.J.

只是因为罗兹更有利于公司的形象。

艾丽斯

你的意思是她更年轻。

R.J.

我的意思是她工作更刻苦,全身心地投入……

艾丽斯

你一派胡言!

R.J.

我知道你情绪不稳,所以原谅你言辞不当。

艾丽斯

我一周工作六十个小时,还不够?

他看看手表,然后看着她正在收拾的公文包。

R.J.
（强硬地）

不够,尤其是为了私人事务大中午就离开的时候。你得分清轻重缓急,否则你在这儿前途堪忧。明白吗?

《青少年》 第7页

      艾丽斯
  非常明白。

  他走开了。艾丽斯停了一会,然后生气地将几个文件夹塞进她的公文包。

内景,律师事务所(秘书的隔间),稍后……

  艾丽斯冲出办公室。她的秘书也没抬头看一眼。

      艾丽斯
  为我转接下所有电话。好吗?

  没有回答。艾丽斯继续走过大厅。

      艾丽斯
    (继续)
  谢谢。如果没有你,我都不知道该怎么办了。

内景,门厅(电梯处),片刻之后

  我们听到闷闷的手机铃声。
  艾丽斯匆忙地穿过大厅,从包里掏出叫个不停的手机。

      艾丽斯
  喂。对。我需要那个工程师的报告,明天一早要放到我的办公桌上。

  艾丽斯走到电梯前,一只手拿着包,一手握着手机。她没有多余的手按电梯键,所以她俯下身,用鼻子按下电梯按钮。

      艾丽斯
  我了解,但是这不意味着……不,只是

《青少年》　第8页

> 鼻塞而已。初步报告说，刹车可能会运
> 转失常，如果……

电梯门开了，艾丽斯打着电话进了电梯间。

外景，詹娜的学校，日

这个初秋的日子很暖和。学校铃声响了，男孩女孩们从大门涌出。

詹娜，十岁，背着背包，便携式电脑从里面伸出来。她的朋友苏西，也是十岁，从大门里蹦蹦跳跳地出来。詹娜环顾四周，没有看见她妈妈。苏西也环顾四周，没有人来接她。

> **苏西**
> 上校，家长部队都集合晚了。扫描仪没
> 在象限里见到任何飞机。

> **詹娜**
> 我妈妈在忙一个商品债务的大案子。她
> 总是迟到，到哪都迟到。

两个女孩坐在台阶上，其他学生走出校门，与父母会面或者成群结队地沿着街道走。

> **苏西**
> 我妈妈就是喜欢迟到。我爸爸说迟到就
> 像是她随身自带的。

把剧本交给瑞舍尔公司之前，我又返了一次工，让它变得更出色。我要确保把它做到最好，尽我最大努力增加它被拍成电影的机会。下面一稿，对白更加直白，另外还强调了幽默感。

《青少年》
编剧：保罗·齐特里克

第一稿
1996 年 5 月 10 日

淡入

艾丽斯的眼睛。

她对着镜子检查眼睛四周的皱纹。

她走到梳妆台前,我们看到她身在何处。

内景,洗手间,日

艾丽斯·布尔多克,三十多岁,穿着商务套装和衬衣。她从手提袋里抽出一管维生素 A,挤出一点后放下,把它涂抹在眼周的皱纹处。

在她继续涂抹脸的时候,我们听见马桶冲水声和隔板门的当啷声。艾丽斯从镜子里望去,看到……

罗莎琳·埃克特,二十七八岁,从隔间里出来。罗莎琳也穿着西装,很漂亮,甚至有点美艳动人。她靠近水池洗手,我们只能从前面看到她……

      艾丽斯

罗兹。

      罗莎琳

艾丽斯。

艾丽斯继续擦着药膏。从罗兹的语气中我们可以清晰地听出她们是竞争对手。罗兹说的每句话的真正含义都是伤人,而不是恭维。

      罗莎琳

(继续)

你没必要这么做。那些小皱纹能给你的

脸增添个性。

      艾丽斯

你说我满脸皱纹?

《青少年》 第2页

> **罗莎琳**
> 我只是说你身上有沉淀的岁月。

> **艾丽斯**
> 所以现在你在说我很老。

罗莎琳抓起几张纸巾,把手擦干。

> **罗莎琳**
> 你们"婴儿潮一代"就是神经过敏。你不老……你是成熟,老练。

> **艾丽斯**
> 听你说的我感觉自己是一块牛排。

> **罗莎琳**
> 我的意思只是……所有同事都把你当成我们的女训导员。

> **艾丽斯**
> 谢谢。真是太会安慰人了。

> **罗莎琳**
> 我们都料定你就是 R.J. 准备宣布的新合伙人。

> **艾丽斯**
> 希望 R.J. 也是这么想。

> **罗莎琳**
> 毕竟这一次,理应是你。

罗莎琳对着镜子最后检查了一下自己的妆容。

《青少年》 第3页

罗莎琳
（继续）
我只是祈祷你不会再失望一次。

艾丽斯
我也是。

罗莎琳
嗯,你永远不知道会发生什么,对吗?

艾丽斯
对,你永远不会知道。

罗莎琳漫不经心地打量了一眼竞争对手。

罗莎琳
哦,艾丽斯,你的鞋,沾上了一点卫生纸。
注意细节,这是合伙人的重要品质。

艾丽斯
谢谢你的建议。

艾丽斯把鞋上的卫生纸拿掉的时候,罗莎琳正转身要走。艾丽斯抬头看见罗莎琳的裙子皱了起来,马桶坐垫纸正好塞在她的连裤袜里。

艾丽斯
哦,罗兹,你的……

罗莎琳
注意细节。"好"与"好极了"的区别
就在于细节。

《青少年》 第4页

> **艾丽斯**
> 谢谢，罗兹。我会记住的。

内景，R.J.的办公室，日

R.J.的秘书塞了一些文件到他笔下，他签署后快速拂开文件。他五十岁上下，穿着一身阿玛尼西装，满面笑容，掌控全局。

办公室的门敞开着，艾丽斯走了进去，她满怀希望，十分紧张。

> **艾丽斯**
> R.J.，你要见我？

> **R.J.**
> 快进来，请就座。我一会儿跟你谈。
> （对秘书说）
> 关于合伙人标准的表格你给我准备好了吧？

> **秘书**
> 是的，先生。

秘书收起文件走了出去，从艾丽斯身边经过时，她的脸上流露出怜悯的表情。她出去关上了门，艾丽斯坐下。

> **R.J.**
> 艾丽斯，你知道我们计划今天选定一个
> 新合伙人。

她稍微挺直，准备迎接好消息。

> **艾丽斯**
> R.J.，我确定你不会对你的选择失望的。

《青少年》 第5页

     R.J.
 关于这件事，我们经过了很长时间也很艰难的考虑，艾丽斯。最后，我们选出了最适合这份工作的女性。我们都对你充满敬意。

     艾丽斯
 谢谢你，R.J.，我很感激……

     R.J.
 这就是为什么我们打算让你第一个知道罗莎琳被任命了。

空气咝咝地从艾丽斯的肺里呼出来。

     R.J.
 （继续）
 我知道你现在一定在因为没能成为合伙人而恼火，我很抱歉。

艾丽斯努力使自己振作起来。

     艾丽斯
 谢谢，R.J.，我要把你的这句"抱歉"带到市场上，看看我能用它换到几袋杂货。

     R.J.
 真的很势均力敌，艾丽斯。直到最后关头，我们费了很大的劲儿，才做出决定。其实选择谁都有道理。

《青少年》 第6页

艾丽斯
那为什么不选择我？我跟她一样有能力，一样刻苦工作。你心里有数。

R.J.
只是因为罗兹更有活力。

艾丽斯
你的意思是她更年轻。

R.J.
我没这么说。

艾丽斯站了起来，高过坐着的R.J.。

艾丽斯
你就是这个意思，不是吗？

R.J.
不，我的意思是她可以每天二十四小时都花在工作上，而你不能。

艾丽斯
我有一个女儿要照顾而——

R.J.
而她没有。这就是我要说的。在罗兹那里，公司总在第一位。到头来这就是区别。

艾丽斯
（让自己镇静）
就这些了吗？

《青少年》 第7页

> R.J.
> 艾丽斯，大门还是对你敞开的。但如果
> 你想要成为合伙人，必须更加努力。

艾丽斯转身走了，她打开门发现罗莎琳就站在那。

> 艾丽斯
>
> 罗兹。

> 罗莎琳
>
> 艾丽斯。

艾丽斯看着罗莎琳经过，她看见马桶坐垫纸和裙子依然塞在罗兹的连裤袜里。

> 艾丽斯
> （指着罗兹的屁股）
>
> 哦，你穿了新合伙人制服。注意细节，
> 罗兹。区别就在于细节。

罗莎琳向后摸了摸，感觉到了坐垫纸，她看上去窘极了。
一丝不易察觉的微笑出现在艾丽斯的脸上，我们……

切出

将一份稿子称为草稿之前,这些稿子的每一稿都要历经一遍遍地打印、修正。我们最终将它呈送给瑞舍尔公司时,还准备了另一份"制片人稿"。不幸的是,瑞舍尔公司的电影业务不久之后就宣告结束了,从此再也没拍过电影。这种情况发生的频率远远高于你们的想象。制片厂购买的二十个剧本中,只有不到一个剧本能够最终出现在大银幕上。

图片版权说明

《末路狂花》，卡莉·克里编剧，雷德利·斯科特导演，米高梅电影公司（MGM）出品，见第3页、第53页。

《新郎向后跑》，保罗·鲁德尼克编剧，弗兰克·奥兹导演，派拉蒙影业公司（Paramount Pictures）出品，见第5页。

《爱国者》，罗伯特·罗达特编剧，罗兰·艾默里奇导演，哥伦比亚电影公司（Columbia）出品，见第22页。

《永不妥协》，苏珊娜·格兰特编剧，史蒂文·索德伯格导演，泽西电影公司（Jersey Films）出品，见第28页。

《王牌特派员》，卢·霍兹编剧，本·斯蒂勒导演，哥伦比亚电影公司出品，见第36页。

《虎胆龙威》，杰布·斯图尔特根据罗德里克·索普小说改编，约翰·麦克蒂尔南导演，二十世纪福克斯电影公司（20th Century Fox Film Corporation）出品，见第42页。

《莎翁情史》，马克·诺曼、汤姆·斯托帕德编剧，约翰·麦登导演，贝德福德制片公司（Bedford Falls）和米拉麦克斯公司（Miramax）出品，见第47页。

《绿野仙踪》，诺尔曼·吉利、弗伦斯·瑞塞逊、埃德加·艾伦·伍尔夫根据L·弗兰克·鲍姆小说改编，维克多·弗莱明导演，米高梅电影公司出品，见第64页。

《小贼、美女和妙探》，沙恩·布莱克根据布雷特·哈里迪小说改编，沙恩·布莱克导演，华纳兄弟影业（Warner Brothers Pictures）出品，见第95页。

参考书目

Ackerman, Hal. *Write Screenplays that Sell: The Ackerman Way*. Los Angeles: Tallfellow Press, 2003.

Bowles, Stephen E., Mangravite, Ronald, and Zorn, Peter. *The Complete Screenwriter's Manual: A Comprehensive Reference of Format and Style*. Boston: Pearson, 2006.

Egri, Lajos. *The Art of Dramatic Writing*. New York: Touchstone, 1972.

Field, Syd. *Screenplay*. New York: Dell, 1994.

Gelfand, Janna E. *A Practical Guide to Flawless Screenplay Form*. Los Angeles: Get It Right Press, 2000.

Goldman, William. *Adventures in the Screen Trade*. New York: Warner Books, 1989.

Hunter, Lew. *Lew Hunter's Screenwriting 434*. New York: Penguin, 1993.

Hutzler, Laurie. *One Hour Screenwriter*. Santa Monica, CA: Emotional Toolbox, 2006.

Hutzler, Laurie. *The Character Map*. Santa Monica, CA: Emotional Toolbox.

Lerch, Jennifer. *500 Ways to Beat the Hollywood Script Reader*. New York: Simon and Schuster, 1999.

Riley, Christopher. *The Hollywood Standard: The Complete & Authoritative Guide to Script Format and Style*. Los Angeles: Michael Wiese Productions, 2005.

Seger, Linda. *Making a Good Script Great*. New York: Samuel French, 1994.

出版后记

改稿到底有多重要？

好莱坞每年有55000多个剧本在美国编剧工会注册，而每年真正制作出来的电影只有350部左右，从来没有哪一个剧本在初稿阶段就成熟到可以直接拍摄。因此，写完剧本初稿就如同走出了万里长征的第一步，接下来不断地改稿才是一名合格编剧的工作开始之处，有的编剧会针对初稿，修改或推倒重写至少二三十遍。

改稿该从哪里开始？到底要修改哪些部分？

这是本书解决的核心问题。市面上关于修改剧本的参考书层出不穷，"电影学院"此前也出版了悉德·菲尔德的《电影剧作问题攻略》、威廉·M·埃克斯的《你的剧本逊毙了！》和琳达·西格的《编剧点金术》等针对剧本修改的编剧类书籍，它们各有侧重地通过充满细节的方式为改稿献计进策。本书则采取提纲挈领的方式进行编排，不仅使改稿进程按部就班，而且使本书的章节安排与内容表达颇有层次感，清晰、明确，从而令改稿方法"有迹可寻"。

本书共划分为十个章节，从故事结构、主角、对手、戏剧场景、描述性段落、配角这六个方面对故事的情节与主要构成要素进行修改，再仔细删改剧本中的无效场景，用"剧本现状报告"检查修改程度，校对剧本格式等，所有这些完成后再对整个剧本收尾。通过这十个章节，编剧可以宏观地把握自己的剧本，按图索骥或有的放矢地修改每个要点，将之形成脉络，烂熟于心。

此外，齐特里克在书中手把手地帮助编剧改稿。他摘选剧本片段作为案例，对改稿的操作与实践进行了透彻的分析。编辑过程中，编辑部特意按照英文剧本的格式对剧本片段进行编排，方便读者对比初稿与改稿学习。另外，附录中收入的剧本《青少年》初稿选段与四次改稿，也完全按照英文剧本的格式进行编排，并保留了初稿上的手写修改痕迹，使读者对改稿过程一目了然，进而熟悉修改步骤，吸收全书的精华与要点。

编剧总会遇到来自各方面的压力，这使得改稿之旅如瘴气笼罩、前途未卜。作者齐特里克用朴实、精练、丰富的写作经验和具有实用性的建议，为读者提供了切实有效的改稿方法。另外，翻译了《21天搞定电影剧本》和《你的剧本逊毙了！》的周舟老师再次与"电影学院"编辑部合作，力图在译文准确的基础上，贴合原文轻松、活泼的语气，让读者在本书的陪伴下，在改稿过程中不至于太过苦闷、焦躁。希望广大读者能够通过阅读本书，融会贯通好莱坞剧本修改技巧，找到适合自己的方法，为国产好剧本的创作事业添砖加瓦。

服务热线：133-6631-2326　188-1142-1266
服务信箱：reader@hinabook.com

"电影学院"编辑部
拍电影网（www.pmovie.com）
后浪出版公司
2016 年 1 月

图书在版编目（CIP）数据

好剧本是改出来的 / (美)齐特里克著；周舟译. —北京：北京联合出版公司, 2016.3
（2019.1重印）
ISBN 978-7-5502-7030-5

Ⅰ.①好… Ⅱ.①齐… ②周… Ⅲ.①电影文学剧本—创作方法 Ⅳ.①I053.5
中国版本图书馆CIP数据核字(2015)第321439号

REWRITE: A STEP-BY-STEP GUIDE TO STRENGTHEN STRUCTURE,CHARACTERS,AND DRAMA IN YOUR SCREENPLAY
by PAUL CHITLIK
Copyright © 2008 by PAUL CHITLIK
This edition arranged with MICHAEL WIESE PRODUCTIONS through Big Apple Agency, Inc.,Labuan,Malaysia.
Simplified Chinese edition copyright © 2016 POST WAVE PUBLISHING CONSULTING (Beijing) Co.,Ltd.
All rights reserved.
本书中文简体版权归属于后浪出版咨询(北京)有限责任公司。

好剧本是改出来的

著　　者：[美]保罗·齐特里克
译　　者：周　舟
选题策划：后浪出版公司
出版统筹：吴兴元
编辑统筹：陈草心
特约编辑：徐小棠
责任编辑：夏应鹏
封面设计：周伟伟
营销推广：ONEBOOK
装帧制造：墨白空间

北京联合出版公司出版
（北京市西城区德外大街83号楼9层　100088）
北京天宇万达印刷有限公司印刷　新华书店经销
字数73千字　690毫米×960毫米　1/16　11.5印张　插页4
2016年4月第1版　2019年1月第3次印刷
ISBN 978-7-5502-7030-5
定价：32.00元

后浪出版咨询(北京)有限责任公司 常年法律顾问：北京大成律师事务所　周天晖 copyright@hinabook.com
未经许可，不得以任何方式复制或抄袭本书部分或全部内容
版权所有，侵权必究
本书若有质量问题，请与本公司图书销售中心联系调换。电话：010-64010019